光文社文庫

文庫書下ろし／長編時代小説

はぐれ狩り

日暮左近事件帖

藤井邦夫

JN030539

光　文　社

本書は、光文社文庫のために書下ろされました。

目次

江戸川橋
大塚
板橋宿へ
巣鴨
赤城明神
石切橋
神楽坂
江戸川
切支丹坂
御薬園
松平越前守屋敷
中山道
日光御成街道
小石川馬場
傳通院
小石川
神明宮
小石川御門
水戸徳川家
白山
駒込
春日町
水道橋
菊坂台町
駒込追分
御弓町
千駄木
神田川
本郷
水戸藩中屋敷
加賀前田家
道灌山
湯島聖堂
霊雲寺
根津権現
日暮里
門前町
湯島天神門前町
茅町
神田明神
不忍池
石神井用水
湯島天神
弁財天
明神下
妻恋坂
池之端仲町
東叡山寛永寺
根岸
谷中
下谷御成街道
下谷広小路
外神田
御徒町
入谷鬼子母神
（真源院）
向柳原
三味線堀
幡随院
浅草天王町
甚内橋
鳥越明神
下谷三之輪町
千住大橋
阿部川町
新吉原
新堀川
鳥越橋
旅籠町
日本堤
奥州街道
御蔵前通り
御米蔵
御蔵前
東本願寺
首尾の松
小塚原
浅草寺
山谷町
御厩河岸之渡し
浅草広小路
駒形町
新鳥越橋
雷門
山谷堀
浅草駒形堂
花川戸町
聖天町
竹町之渡し
吾妻橋
今戸橋
今戸町
白鬚之渡し
隅田川
源兵衛橋
瓦町
中之郷
竹屋之渡し
向島墨堤
水戸藩下屋敷
三囲稲荷
木母寺
隅田村
北割下水
小梅村
源森川
長命寺
法恩寺橋
横川
業平橋
寺島村
七日市藩下屋敷
押上村

伝馬町
平川町
四谷御門
市谷
赤坂
麹町
御納戸町
赤坂御門
市谷御門
善國寺
若宮八幡宮
氷川明神
溜池
番町
牛込御門
千鳥ヶ淵
半蔵御門
田安御門
西之御丸
清水御門
虎之御門
外桜田御門
雉子橋御門
新シ橋
和田倉御門
江戸城
一橋御門
猿楽町
南町奉行所
幸橋
土橋
北町奉行所
数寄屋橋
御門
汐留橋
呉服橋御門
常盤橋御門
神田橋御門
鎌倉河岸
駿河台
三十間堀川
銀座町
竜閑橋
昌平橋
数寄屋町
鍛冶町
筋違御門
木挽町
京橋
一石橋
今川橋
柳森稲荷
西本願寺
弾正橋
室町
内神田
下谷練塀小路
組屋敷
日本橋
雲母橋
和泉橋
楓川
伊勢町
大伝馬町
小伝馬町
佐久間河岸
南八丁堀
八丁堀
組屋敷
八丁堀
江戸橋
亀井町
柳原土手
鎧ノ渡し
西堀留川
公事宿巴屋
公事宿巴屋の寮
中之橋
日本橋川
小網町
馬喰町
稲荷橋
亀島川
元浜町
緑橋
両国広小路
鉄砲洲
一ノ橋
汐見橋
浅草御門
高橋
新川
千鳥橋
浅草橋
佃島
南新堀町
行徳河岸
米沢町
霊巌島
二ノ橋
箱崎町
箱崎川
浜町堀
薬研堀
両国橋
柳橋
石川島
永久橋
永代橋
大川
熊井町
新大橋
一ツ目之橋
佐賀町
今川町
上之橋
回向院
御竹蔵
大島町
万年橋
海辺大工町
六間堀
油堀
本所
越中島
亥ノ口橋
富岡橋
高橋
二ツ目之橋
蓬莱橋
海辺橋
林町
富岡八幡宮
仙台堀
小名木川
五間堀
南割下水
亀久橋
霊巌寺
深川
竪川
西
南
北
東
吉岡橋
三ツ目之橋
木場
土浦藩下屋敷
崎川橋
新高橋
0
500m

主な登場人物

日暮左近 元は秩父忍びで、瀕死の重傷を負っているところを公事宿巴屋の主・彦兵衛に救われた。いまは巴屋の出入物吟味人。

彦兵衛 馬喰町にある公事宿巴屋の主。瀕死の重傷を負っていた左近を巴屋の出入物吟味人として雇い、巴屋に持ち込まれる公事の調べに当たってもらっている。

おりん 公事宿巴屋の主・彦兵衛の姪。浅草の油問屋に嫁にいったが夫が亡くなったので、叔父である彦兵衛の元に転がり込み、巴屋の奥を仕切るようになった。

房吉 巴屋の下代。彦兵衛の右腕。

清次 巴屋の下代。

お春 巴屋の婆や。

嘉平 柳森稲荷にある葦簀張りの飲み屋の老亭主。元は、はぐれ忍び。今は抜け忍や忍び崩れの者に秘かに忍び仕事の周旋をしている。

陽炎 秩父忍びの御館。左近と共に、秩父の山で育った幼馴染。

小平太 秩父忍び。

猿若 秩父忍び。

森口伝内 嘉平の知り合いの中年浪人。

源八 はぐれ忍び。

笹川八兵衛 はぐれ忍び。

喜八 はぐれ忍び。

弥一郎 若いはぐれ忍び。

飛猿 はぐれ忍び。

筧才蔵 裏柳生の忍びの頭。

黒崎兵部 柳生藩総目付。

柳生幻也斎 裏柳生のお館。

はぐれ狩り

日暮左近事件帖

第一章　はぐれ忍び

一

江戸湊《みなと》は日差しに煌《きら》めき、錨《いかり》を降ろした千石船《せんごくぶね》と桟橋《さんばし》の間には荷下ろしの艀《はしけ》が忙しく行き交っていた。

鉄砲洲波除《てつぽうずなみよけ》稲荷に参拝客は少なく、鷗《かもめ》は潮騒《しおさい》に負けじと煩《うるさ》い程に鳴きながら飛び廻っていた。

公事宿《くじやど》『巴屋《ともえ》』の出入物吟味人《でいりものぎんみにん》の日暮左近《ひぐらしさこん》は、鉄砲洲波除稲荷の境内の端に佇《たたず》んで江戸湊を眺めていた。

若い女の悲鳴が、鷗の煩い鳴き声に混じって聞こえた。

左近は振り返った。

鉄砲洲波除稲荷の境内には僅かな参拝客がいるだけであり、悲鳴を上げている若い女などいなかった。

気のせいか……。

いや、若い女の悲鳴は確かに聞こえたのだ。

何処《どこ》かで若い女が何者かに襲われ、悲鳴を上げた……。

左近の勘は囁《ささや》いた。


日本橋《にほんばし》馬喰町《ばくろちょう》の通りは、外濠《そとぼり》と神田《かんだ》川に架かっている浅草《あさくさ》御門を結んでいる。

公事宿『巴屋』は馬喰町にあり、婆《ばあ》やのお春《はる》が隣の煙草《たばこ》屋の前の縁台で店番の老爺《ろうや》、近くの隠居、裏の妾《めかけ》稼業の女たちとお喋《しゃべ》りを楽しんでいた。

公事宿は訴訟に負けた者の恨みを買い、襲われないとも限らない。

お春は、お喋りをしながら公事宿『巴屋』を窺《うかが》う不審な者を警戒していた。

左近は、お春たちに会釈をして公事宿『巴屋』の暖簾《のれん》を潜った。


「邪魔をする……」

「いらっしゃい」

帳場にいたおりんは、帳簿付けの手を止めて左近を迎えた。

「叔父さんたちは未《ま》だですよ」

彦兵衛《ひこべえ》と下代《げだい》の房吉《ふさきち》たちは、公事訴訟の依頼人と一緒に役所に赴《おもむ》き、未だ帰って来ていなかった。

「そうか……」

「左近さん、お昼は……」

「未だだ……」

「じゃあ、直《す》ぐに仕度をしますよ」

おりんは、身軽に立ち上がって台所に向かった。

「うん……」

左近は、おりんに続いた。


左近がおりんの給仕で昼飯を食べ終えた頃、公事宿『巴屋』主の彦兵衛が依頼人と帰って来た。

彦兵衛は、左近を己の仕事部屋に招いた。

「お邪魔します」

「やあ。どうぞ……」

彦兵衛は、訪れた左近を笑顔で迎えた。

「何か……」

「うちがお役所絡みの案件の始末を手伝っている京丸屋《きょうまる》という呉服屋があるんですが、このところ、付け火騒ぎがあったり、浪人が暴れたりする事が続きましてね。京丸屋の旦那が不審に思い、伝手《つて》を頼って岡っ引の親分に金を渡し、それとなく調べて貰い始めたのです」

彦兵衛は茶を啜《すす》った。

「それで……」

左近は促した。

「その岡っ引の親分と下《した》っ引《ぴき》が殺されましてね……」

「殺された……」

「ええ。二人とも首の骨を折られて……」

彦兵衛は眉をひそめた。

「首の骨……」

左近は眉をひそめた。

「ええ。並みの殺した方じゃありません」

彦兵衛は、左近を見据えて告げた。

「殺しの玄人《くろうと》の仕業……」

左近は睨《にら》んだ。

「きっと。で、京丸屋の旦那が泣き付いて来ましてね。そいつをちょいと調べちゃあ貰えませんか……」

彦兵衛は、左近に厳しい眼を向けた。

「分かりました……」

左近は、小さな笑みを浮かべて頷いた。


日本橋室町《むろまち》の通りは日本橋と神田八《や》つ小路《こうじ》を結んでおり、多くの人が行き交っていた。

呉服屋『京丸屋』は室町二丁目にあり、客で賑《にぎ》わっていた。

左近は、呉服屋『京丸屋』を眺めた。

呉服屋『京丸屋』の周囲には、見張っているような不審な者はいない……。

左近は見定めた。

呉服屋『京丸屋』の母屋の座敷は、賑やかな表通りや店とは違って静けさに満ちていた。

主の仁左衛門《にざえもん》は、左近の持参した彦兵衛の文を読み終わり、小さな吐息を洩《も》らした。

左近は、黙って見守った。

「日暮左近さまですか……」

「はい……」

「宜《よろ》しくお願い致します」

仁左衛門は、疲れ切った面持ちで左近に頭を下げた。

「して、恨みを買っている覚えは……」

左近は、仁左衛門を見据えた。

「ありません。日暮さま、手前もいろいろ考えたのですが、付け火をされたり、嫌がらせをされる覚えはないのです」

仁左衛門は、嗄《しゃが》れ声を震わせた。

覚えはなくても恨まれる事はあるし、他人が嫌がらせに怯《おび》えるのを見て喜ぶ者もいる。

左近は読んだ。

「して、金を寄越せとは……」

「未だ云われておりませんが……」

嫌がらせは、金が目当てではないのか。

左近は睨んだ。

「そうですか。ならば、殺された岡っ引は何処《どこ》の誰ですか……」

「はい。神田連雀町《れんじやくちよう》の文七《ぶんしち》親分と下っ引の鶴吉《つるきち》さんです」

「連雀町の文七親分と下っ引の鶴吉さんですか……」

「はい。日暮さま、文七親分と鶴吉さん、手前が探索をお願いしたばかりに
……」

仁左衛門は項垂《うなだ》れた。

「そうとは限りません」

「日暮さま……」

「岡っ引は悪党と様々な拘《かか》わりがあり、恨まれている事も多い……」

「それはそうですが……」

「ま、その辺りも調べてみましょう」

「何卒《なにとぞ》、宜しくお願いします」

仁左衛門は、左近に深々と頭を下げた。

「心得ました。では……」

左近は、無明刀《むみょうとう》を握って立ち上がった。


呉服屋『京丸屋』は繁盛している。

左近は、呉服屋『京丸屋』を出て振り返って眺めた。

付け火に狼藉《ろうぜき》……。

呉服屋『京丸屋』の繁盛を妬《ねた》んだ者の嫌がらせなのかもしれない。だとしたら、岡っ引の連雀町の文七親分と下っ引の鶴吉殺しは重過ぎる。

妬みでやれる事ではない……。

岡っ引の文七と下っ引の鶴吉殺しは、呉服屋『京丸屋』に対する妬みとは違うのかもしれない。

左近は読んだ。

いずれにしろ日が暮れてからだ……。

左近は、夜の呉服屋『京丸屋』を見張ってみる事にしていた。

日暮れは未だだ。

左近は、室町の通りを神田八つ小路に向かった。

神田八つ小路から柳原《やなぎわら》通りを東に進むと両国《りょうごく》広小路に続く。

左近は、柳原通りを両国広小路に進み、途中にある柳森《やなぎもり》稲荷に曲がった。

柳森稲荷の鳥居前の空き地には、古道具屋、古着屋、七味唐辛子売りなどの露店が連なり、参拝客が冷やかしていた。

左近は、露店の前を通って奥にある葦簀《よしず》張りの飲み屋に進んだ。

葦簀張りの飲み屋の外では、人足《にんそく》や浪人たちが湯呑茶碗の安酒を啜り、賽子《さいころ》遊びをしていた。

「邪魔をする……」

左近は、葦簀を潜った。

「おう……」

亭主の嘉平《かへい》は、左近に笑い掛けて湯呑茶碗に酒を満たして出した。

「下り酒だ……」

「うむ……」

左近は、湯呑茶碗の酒を飲んだ。

「で、何か用か……」

嘉平は笑い掛けた。

「室町の呉服屋京丸屋、知っているか……」

「付け火をされたり、食詰《くいつめ》浪人に乱暴狼藉を働かれた呉服屋か……」

嘉平は知っていた。

「ああ。何か聞いているかな」

「金が目当てだそうだ……」

嘉平は苦笑した。

「金……」

「ああ。此《こ》れ以上の嫌がらせをされたくなければ、金を出せだと」

「芸のない話だな……」

左近は冷笑した。

「ああ……」

嘉平は、嘲《あざけ》りを浮かべた。

「して、岡っ引の連雀町の文七と下っ引の鶴吉殺し、拘わりがあるのかな」

「首の骨を折って殺すなんて、侍だって滅多《めった》に出来る芸当じゃあない……」

嘉平は苦笑した。

「となると……」

左近は読んだ。

「ああ。近頃、裏柳生《うらやぎゅう》の者たちがうろついているって噂だ……」

嘉平は眉をひそめた。

「裏柳生……」

左近は、厳しさを滲《にじ》ませた。

「ああ……」

裏柳生は、柳生新陰流《しんかげりゅう》二代柳生宗矩《むねのり》が大目付に就任した時、大名家を隠密裏《り》に探索するのを役目として作られた忍びの集団である。三代将軍家光《いえみつ》の頃迄《まで》は隆盛《りゅうせい》を極めていたが、柳生家の没落と共に闇に潜んだ忍びの者たちだ。そして、裏柳生は今迄にも左近と様々な理由で闘い、敗れ去っていた。

その裏柳生の忍びの者が江戸の町をうろつき始めている。

「裏柳生の者がうろつく狙いは……」

「さあて、何がしたいのか……」

「分からぬか……」

裏柳生の忍びの者ならば、岡っ引の連雀町の文七と下っ引の鶴吉の首の骨を折って殺すのは造作《ぞうさ》もない事だ。

そして、呉服屋『京丸屋』への嫌がらせとも拘わりがあるのか……。

左近は読んだ。

「ああ。今のところ、新しい噂はそれぐらいだ」

嘉平は告げた。

「そうか……」

「おそらく此れからだな、噂は……」

嘉平は睨んだ。

「という事は、此れから何かが起こるという事か……」

「うむ……」

嘉平は、厳しい面持《おもも》ちになった。

「どうした……」

左近は、嘉平に怪訝《けげん》な眼を向けた。

「う、うん。不吉な予感がしてな……」

「不吉な予感……」

「ま、気のせいだろうがな……」

嘉平は笑った。

「そうか。不吉な予感か……」

左近は眉をひそめた。

男たちの笑い声が不意にあがった。

左近は、葦簀越しに外を見た。

葦簀の外では、酒を飲みながら賽子遊びをしていた人足や浪人たちが、何がおかしいのか馬鹿笑いをしていた。


日は暮れた。

日本橋の通りには行き交う人も途絶え、呉服屋『京丸屋』は大戸を閉めて夜の闇に沈んでいた。

左近は、店の屋根の上に潜み、向かい側にある呉服屋『京丸屋』を見張っていた。
夜廻りの木戸番は、拍子木《ひようしぎ》を打ち鳴らしながら通り過ぎて行った。
左近は見張った。
刻《とき》は過ぎた。
遠くにある寺が、子《ね》の刻九つ（午前零時）の鐘の音を響かせた。
左近は、夜の闇を見廻した。
闇が僅かに揺れた。
左近は、己の気配を消して僅かに揺れた闇を見詰めた。
揺れた闇から菅笠《すげがさ》を被《かぶ》った人足が現れ、呉服屋『京丸屋』に近寄った。
左近は見守った。
菅笠の人足は、呉服屋『京丸屋』の軒先の暗がりに入った。
押込むのか……。
左近は読んだ。
菅笠の人足は、軒先の暗がりを進んで潜り戸を抉《こ》じ開けようとした。
左近は、屋根の瓦の割れた欠片《かけら》を拾い、菅笠の人足に投げた。

瓦の欠片は、夜の闇を斬り裂いて菅笠の人足に向かって飛んだ。
刹那《せつな》、菅笠の人足は躱《かわ》した。
瓦の欠片は、呉服屋『京丸屋』の大戸の潜り戸に当たって音を立てた。
菅笠の人足は、呉服屋『京丸屋』の潜り戸から跳び退き、夜の闇に走った。
身のこなしと足の運びは忍びの者……。
左近は、菅笠の人足を忍びの者と見定めた。
行き先を突き止め、素性を突き止めて背後関係を洗う……。
左近は、通りを走り去る人足姿の忍びの者を追い、連なる店の屋根伝いに進んだ。
人足姿の忍びの者は室町三丁目の辻を東に曲がり、両国広小路に向かった。
左近は、夜の闇に紛れて追った。

菅笠を被った人足姿の忍びの者は、浜町堀《はまちようぼり》に向かっていた。
人影は見えず足音は聞こえないが、何者かの気配が追って来る。
忍びか……。
人足姿の忍びの者は、姿を消したまま追って来る者も忍びの者だと睨んだ。

おそるべき手練《てだ》れ……。

人足姿の忍びの者は、音もなく迫って来る忍びの者の気配を恐れた。

此のままでは捕らえられるか、行き先を突き止められる……。

忍びの者は、焦りと苛立《いらだ》ちを覚えながら浜町堀に架かっている緑《みどり》橋に差し掛かった。

刹那、夜の闇に煌めきが走った。

忍びの者は煌めきを首に受け、緑橋の上で不意に立ち止まり、菅笠の下の顔を激しく歪《ゆが》めた。


どうした……。

左近は、不意に立ち止まった菅笠に人足姿の忍びの者に戸惑いを覚えた。

まさか……。

左近は緊張した。

次の瞬間、菅笠に人足姿の忍びの者は、大きく身体を揺らして緑橋の欄干《らんかん》から浜町堀に落ちた。

水飛沫《みずしぶき》が月明かりに煌めいた。

しまった……。

左近は、地を蹴って緑橋に走った。

人足姿の忍びの者は喉元に十字手裏剣を受け、浜町堀を大川《おおかわ》の三《み》ツ俣《また》に向かって流れていた。

左近は、緑橋の欄干から流れて行く人足姿の忍びの者の死体を見届け、油断なく辺りの闇を見廻した。

緑橋の周りの闇は静けさに満ち、人の気配は感じられなかった。

口封じか……。

左近の追跡に気が付いた仲間が、人足姿の忍びの者が捕らえられるのを恐れ、口を封じたのかもしれない。

左近は、鋭く周囲を窺った。

やはり、人の気配はなかった。

左近は、緑橋に佇んだ。

人足姿の忍びの者は、浜町堀の闇の彼方に流れ去った。

呉服屋『京丸屋』の付け火や嫌がらせには、忍びの者が絡んでいた。

岡っ引の連雀町文七と下っ引の鶴吉の首をへし折って殺したのも、忍びの者の仕業に間違いないのだ。

忍びの者が呉服屋『京丸屋』に嫌がらせをする理由は何か……。

左近は読んだ。

そして、忍びの者は何処の忍びなのか……。

人足姿の忍びの者を始末したのは、仲間の忍びの者に間違いない。となると、忍びの者は何人かで徒党《ととう》を組んでいるのだ。

左近は睨んだ。


「忍びの者……」

彦兵衛は眉をひそめた。

「ええ。京丸屋の潜り戸を抉じ開けて、押込むつもりだったのかもしれません」

左近は読んだ。

「で、その忍びの者は……」

「行き先と素性を突き止めようとしたが殺されました……」

「誰に……」

「おそらく仲間に、口封じでしょう」

左近は告げた。

「仲間に……」

彦兵衛は、戸惑いを浮かべた。

「ええ。己にとって都合の悪い者は、容赦なく切り棄《す》てる。そいつが忍びです」

左近は苦笑した。

「それにしても、忍びの者が何故……」

「そいつは、未だ良く分かりませんが、狙いは金でしょう」

「金……」

「ええ。呉服屋京丸屋は江戸でも名高い老舗《しにせ》。金蔵《かねぐら》には千両箱が幾つかある筈《はず》です」

「そいつを狙ってですか……」

「おそらく……」

左近は頷《うなず》いた。

「ですが、それなら、嫌がらせなどせず、さっさと押込めば、金は奪えた筈です。

そうしなかったのは……」

「江戸の町に騒ぎを起こしたかったからかもしれない……」

左近は睨んだ。

「騒ぎですか……」

「ええ。その狙いは何か……」

左近は眉をひそめた。

二

柳森稲荷には参拝客が訪れていた。

左近は、鳥居の前に連なる露店の前を抜けて奥の葦簀張りの飲み屋に進んだ。

「邪魔をする……」

左近は飲み屋に入った。

「おう……」

客の中年浪人と話し込んでいた嘉平が振り向き、左近を迎えた。

左近は、中年浪人に目礼をした。

中年浪人は、会釈を返して湯呑茶碗の酒を啜った。

「丁度良かった……」

嘉平は、左近に湯呑茶碗に注いだ酒を差し出した。

「何か……」

左近は、怪訝な面持ちで湯呑茶碗の酒を飲んだ。

「昨夜、はぐれ忍びの一人が殺された……」

嘉平は、中年浪人のいる前で左近に告げた。

それは、中年浪人もはぐれ忍びであり、信用出来る者だという事だ。

「はぐれ忍びが……」

「うむ。喉元に柳生の十字手裏剣を受けた死体が大川の三ツ俣に上がったそうだ
……」

嘉平は告げた。

昨夜の人足姿の忍びの者だ……。

左近は気が付いた。

「浜町堀に架かる緑橋から落ち、三ツ俣に流されたか……」

左近は、酒を飲んだ。

「知っているのか……」

嘉平と中年浪人は左近を見た。

「昨夜、室町の呉服屋を見張っていたら、人足が現れ、呉服屋の潜り戸を抉じ開けようとした。そいつを防いだところ、逃げてな。行き先を突き止めようと追った。で、浜町堀に架かっている緑橋で不意に立ち竦《すく》み……」

「浜町堀に落ちたか……」

嘉平は、吐息を洩らした。

「うむ。喉に手裏剣を受けてな……」

左近は告げた。

「手裏剣を放った者は……」

中年浪人は尋ねた。

「直ぐに闇に消え去った……」

「そうですか……」

中年浪人は、厳しさを滲ませた。

「嘉平の父っつあん……」

左近は、嘉平に怪訝な眼を向けた。

「殺されたのは、はぐれ忍びの源八《げんぱち》……」

嘉平は告げた。

「私は森口伝内《もりぐちでんない》、源八とは幼い頃からの友だ」

中年浪人は名乗り、人足姿の忍びの者との拘わりを告げた。

「私は日暮左近。して、殺されたはぐれ忍びの源八は何故、呉服屋の京丸屋を……」

左近は訊《き》いた。

「源八の御新造《ごしんぞう》は心《しん》の臓《ぞう》の重い病でな。唐人参《からにんじん》などの薬代に金が掛かり、人足働きだけではどうしようもなく、嘉平さんにも随分と借りていると……」

伝内は淋しげに告げた。

「そんな事は気にせず、云ってくれれば良いものを。で、源八、裏柳生の者に雇われ、その指図で呉服屋京丸屋に嫌がらせをしていたか……」

嘉平は、悔しさを滲ませた。

「おそらく……」

伝内は頷いた。

「裏柳生、何が狙いで源八さんにそのような真似をさせていたのか……」

左近は眉をひそめた。

「うむ。伝内、源八の他に裏柳生に声を掛けられた者はいないのか……」

嘉平は尋ねた。

「今のところ、聞いてはいない……」

伝内は眉をひそめた。

「ならば、それとなく訊いてみろ……」

「心得た……」

伝内は頷いた。

「裏柳生がはぐれ忍びを雇って騒ぎを起こし、拙《まず》いとなると情け容赦《ようしゃ》なく始末する。ひょっとしたら……」

左近は、何かに気が付いて厳しさを過《よぎ》らせた。

「ひょっとしたら、何だい……」

「裏柳生は、はぐれ忍びを使い棄てにしようとしているのかもしれぬ」

左近は読んだ。

「使い棄てだと……」

嘉平は眉をひそめた。

「はぐれ忍びを雇って江戸を騒がせ、用が済めば始末する」

「用が済めば始末する……」

「ああ。暫《しばら》くは素性のはっきりしない奴の仕事は引き受けない方が良いな」

左近は笑った。

「うむ。そうするよ」

嘉平は頷いた。

「父っつあん、酒をくれ……」

二人の人足が酔った足取りで入って来た。

潮時だ……。

「ではな、父っつあん……」

左近は告げた。

「ならば私も……」

伝内は続いた。

「うん。気を付けてな……」

嘉平は、二人の人足に安酒を用意しながら左近と伝内を見送った。

左近は、森口伝内と嘉平の葦簀張りの店を出た。

左近は、柳森稲荷前の空き地を見廻した。

柳森稲荷の鳥居は夕陽に輝き、連なる露店は店仕舞いの仕度を始め、少ない参拝客は帰り道を急いでいた。

異変もなければ不審な者もいない……。

左近は見定めた。

「さあ、帰りますか……」

森口伝内は、左近に笑い掛けた。

「ええ……」

左近は頷き、伝内と共に柳森稲荷の前から柳原の通りに向かった。


神田川の流れは夕暮れ時を迎えた。

葦簀張りの飲み屋は夕闇に覆われ、亭主の嘉平は燭台《しょくだい》に火を灯《とも》した。

燭台の明かりは、湯呑茶碗に注がれた安酒を飲む二人の食詰浪人と博奕《ばくち》打ちらしき痩《や》せた男を照らした。

「親父、頼みがあるんだがな……」

博奕打ちらしき痩せた男が、嘉平に笑い掛けた。

「掛売《かけう》りはしないぜ」

嘉平は告げた。

「安酒に払う金ぐらいはある……」

博奕打ちらしき痩せた男は苦笑した。

「じゃあ、何だ頼みってのは……」

「恨みを晴らすのを手伝ってくれる奴を雇いたいんだが……」

「恨みを晴らす手伝い……」

嘉平は聞き返した。

「ああ。金は弾むぜ」

博奕打ちらしき痩せた男は笑った。

「お前さん、何処の誰か知らねえが、此処《ここ》は口入屋《くちいれ》じゃあねえ……」

嘉平は苦笑した。

「そうかな。此処の親父に訊けば、恨みを晴らすのを手伝ってくれる奴を周旋《しゅうせん》してくれると聞いたぜ」

「そいつは聞き間違いだな……」

嘉平は突き放した。

「そうかな。嘉平……」

博奕打ちらしき痩せた男は苦笑した。

刹那、二人の食詰浪人が刀を抜いて嘉平に突き付けた。

「手前《てめえ》ら……」

嘉平は身構えた。

「嘉平、お前が江戸のはぐれ忍びを束ねているのは分かっている」

博奕打ちらしき痩せた男は、嘉平を鋭く見据えた。

「裏柳生か……」

嘉平は睨んだ。

「嘉平、一緒に来て、はぐれ忍びを誘《おび》き出す餌《えさ》になって貰う」

痩せた男は、嘲りを浮かべた。

「そうはいくかな……」

嘉平は、葦簀の外の夜の闇をちらりと一瞥《いちべつ》した。

「嘉平、外にも手配りをしてある。下手な芝居は無用だ」

痩せた男は、嘉平が葦簀の外の闇に仲間がいると芝居をしたと読み、嘲笑した。

「下手な芝居か……」
嘉平は苦笑した。
次の瞬間、二本の棒手裏剣《ぼうしゅりけん》が葦簀越しに飛来し、二人の浪人の背に突き刺さった。
そして、三本目の棒手裏剣が痩せた男に唸りをあげて飛来した。
痩せた男は、咄嗟《とっさ》に身を伏せて躱した。
嘉平は、外に跳び出した。

忍びの者たちは、夜の闇に棒手裏剣の出処《でどころ》を探していた。
裏柳生の忍び……。
嘉平は、素早く物陰に隠れた。
痩せた男が葦簀を蹴破り、飲み屋から跳び出して来た。
棒手裏剣が飛来した。
痩せた男は、転がって辛《かろ》うじて躱した。
「鳥居だ。鳥居の上だ……」
裏柳生の忍びの者の怒号《どごう》が上がった。

柳森稲荷の鳥居の上にいた人影は、空き地にいる裏柳生の忍びの者たちに向かって大きく跳んだ。

左近だ……。

嘉平は、物陰から見定めた。

左近は、無明刀を抜きながら身構える裏柳生の忍び者たちの中に跳び下りた。

無明刀が閃《ひらめ》いた。

裏柳生の二人の忍びの者が倒れた。

左近は、無明刀を構えて痩せた男に走った。

裏柳生の忍びの者は、我に返ったように左近に殺到した。

左近は、無明刀を縦横に閃かせた。

裏柳生の忍びの者は斬られ、血を飛ばして次々に倒れた。

左近は、痩せた男に迫った。

痩せた男は、大きく跳び退いて煙玉を地面に叩き付けた。

灰色の煙が巻き上がり、一帯を覆った。

嘉平は、物陰に身を潜めて灰色の煙の薄れるのを待った。

灰色の煙は次第に薄れた。

左近と痩せた男。そして、裏柳生の忍びの者や斬られた者たちは、既に姿を消していた。

嘉平は、痩せた男たち柳生忍びが退き、左近が追ったと睨んだ。

左近は、裏柳生の忍びが嘉平を襲うと読み、秘かに見張っていたのだ。

「助かったぜ……」

嘉平は、厳しい面持ちで吐息を洩らした。

夜の闇は深まり、静けさの中に神田川を行く舟の櫓《ろ》の軋《きし》みが響いた。


深夜、神田川沿いの道に行き交う人はいない。

痩せた男は、左近に斬られた者を数人の配下に任せて退かせ、残る数人の忍びの者を従えて神田川沿いの道を西に走った。

左近は、暗がり伝いに追った。

痩せた男と裏柳生の忍びは、神田川から外濠沿いに入り、南に進んだ。

此のまま進めば、牛込《うしごめ》御門、市谷《いちがや》御門、四谷《よつや》御門に続く……。

四谷の大木戸の傍《そば》には、柳生藩江戸中《なか》屋敷がある。

痩せた男と裏柳生の忍びは、柳生藩江戸中屋敷に行くのか……。

左近は追った。

痩せた男と裏柳生の忍びは、四谷御門前の手前を西に曲がり、武家屋敷街に入った。

左近は、追いながら四谷の切絵図《きりえず》を思い浮かべた。

武家屋敷街の西には四谷大木戸があり、傍に柳生藩江戸中屋敷がある。

痩せた男と裏柳生の忍びの行き先は、やはり柳生藩江戸中屋敷か……。

左近は読んだ。

行く手に寺の連なりが見えた。

その向こうに柳生藩江戸中屋敷がある。

痩せた男と裏柳生の忍びの者は、連なる寺の間の路地を駆け抜けた。

そして、路地の先に連なる土塀を次々に跳び越えて屋敷内に消えた。

柳生藩江戸中屋敷だ……。

左近は見届けた。

痩せた男と裏柳生の忍びは、柳生藩江戸中屋敷に駆け込んだのだ。

よし……。

左近は、柳生藩江戸中屋敷の隣の寺の本堂の大屋根に跳び上がった。
寺の本堂の大屋根の上から隣の柳生藩江戸中屋敷が見える。
左近は、本堂の大屋根の上に伏せ、柳生藩江戸中屋敷を窺った。
柳生藩江戸中屋敷の静かな闇が揺れ、土塀や御殿の屋根に忍びの結界《けっかい》が張られた。
裏柳生の忍びの結界……。
左近は見定めた。
今夜は此《こ》れ迄《まで》だ……。
左近は、寺の本堂の大屋根から大きく跳んだ。

柳森稲荷前の空き地の露店には、参拝帰りの客が訪れていた。
露店の奥にある葦簀張りの飲み屋は休みらしく、亭主の嘉平の姿はなかった。
左近は、柳森稲荷の鳥居の陰から空き地を見廻した。
空き地には、参拝客や露店に来た客が行き交っていた。
左近は窺った。

裏柳生の忍びらしい不審者はいない……。

左近は見定め、嘉平のいない葦簀張りの飲み屋を眺めた。

昨夜、襲われて以来、嘉平は葦簀張りの飲み屋を閉め、姿を消したのか……。

並ぶ古着屋、古道具屋、七味唐辛子売りの露店に風が吹き抜けた。

古着屋に吊られている多くの着物は、吹き抜ける風に一斉に揺れた。

左近は、揺れる着物の向こうに頰被りをした男がいるのに気が付いた。

嘉平か……。

左近は、鳥居の陰を出て揺れる着物の後ろに向かった。


神田川から風が吹き、古着屋の吊るされた色とりどりの着物は揺れていた。

揺れる着物の後ろにいた頰被りの男は、左近の睨み通り嘉平だった。

嘉平は、左近を見て薄く笑った。

「裏柳生の忍び、現れないか……」

左近は尋ねた。

「ああ。昨夜は助かったぜ……」

嘉平は礼を述べた。

「いや。裏柳生の忍びの者共《ものども》、四谷の柳生藩江戸中屋敷に駆け込み、結界を張った」

左近は報せた。

「やはり、裏柳生に間違いないか……」

「ああ。で、昨夜、裏柳生の忍びは、父っつあんに何と云って来たのだ」

「俺を捕らえ、江戸で暮らすはぐれ忍びを誘き出す餌にしようとした」

嘉平は、腹立たし気に吐き棄てた。

「餌か……」

左近は苦笑した。

「ああ。それにしても裏柳生、今何故、はぐれ忍びを狩り始めたのかだ……」

嘉平は眉をひそめた。

「うむ。分からないのはそこだが、裏柳生の背後には何者かが潜んでいるかもしれぬな」

左近は読んだ。

「だとしたら、かつてはぐれ忍びに煮え湯を呑まされた奴か……」

「うむ。覚えはあるか……」

「そりゃあ、もう……」

嘉平は、笑みを浮かべて頷いた。

大名旗本の中には、嘉平の放ったはぐれ忍びに打ちのめされた者が数多くいるのだ。

「ならば、その辺りだろう。して、江戸の町に暮らすはぐれ忍びたちに繋《つな》ぎを取ったのか」

「甲賀《こうが》の抜《ぬ》け忍《にん》、森口伝内を通じて、当分の間、柳森稲荷に近付くなとな」

嘉平は告げた。

「はぐれ忍びたちは何と云っているのだ」

「伝内の話では、闘う時は闘う。いつでも声を掛けてくれと云っているそうだ」

嘉平は笑った。

「そうか……」

左近は、諸国忍びの流派を脱し、抜け忍として追われる忍びの者の暮らしと仕事の面倒を見て来た嘉平の徳を知った。

「ま、そうはさせずに済ませるつもりだ……」

「その為には、裏柳生を押さえて背後に潜む者を突き止め、始末しなければならぬ」

「うむ……」

嘉平は、厳しい面持ちで頷いた。

「よし。そいつは俺が引き受けよう」

「やってくれるか……」

嘉平は、僅かに身を乗り出した。

「うむ……」

「宜しく頼む。で、俺は何をすれば良い」

「嘉平の父っつあんは、大人しく己の身を護《まも》っていてくれ」

左近は笑った。

「そいつは云われる迄もないが、此の爺《じじ》いの皺首《しわくび》一つを獲ったところで、はぐれ忍びは滅びぬ」

嘉平は苦笑した。

「よし。江戸のはぐれ忍びの恐ろしさを見せてやろう」

左近は、不敵に云い放った。

吊られた色とりどりの着物は、吹き抜ける川風に揺れた。

裏柳生の忍びの者に勝つには、護りを固めるだけでは無理だ。

左近は、かつて裏柳生の忍びの者と闘った経験がある。

その時、裏柳生の忍びの者は、上大崎《かみおおさき》にある柳生藩の江戸下屋敷を根城《ねじろ》にしていた。

柳生藩は、増上寺《ぞうじょうじ》裏門前に江戸上屋敷、四谷大木戸に江戸中屋敷、上大崎に江戸下屋敷がある。

現在、裏柳生の忍びは、四谷大木戸近くの江戸中屋敷に潜んでいるようだ。

左近は、四谷の寺の本堂の大屋根の上に忍び、隣の柳生藩江戸中屋敷を窺った。

柳生藩江戸中屋敷には、忍びの結界が張り巡らされていた。

忍びの結界が張られているのは、裏柳生の忍びの者が潜んでいる証《あかし》だ。

左近は読んだ。

さあて、どうする……。

左近は、想いを巡らせた。

柳生藩江戸中屋敷の表門脇の潜り戸が開き、塗笠《ぬりがさ》を被った武士が中間《ちゅうげん》と出て来た。

左近は身構えた。

三

潜り戸から出て来た武士は、被っていた塗笠を僅かに上げて辺りを見廻した。
嘉平を狙った痩せた男……。
左近は、塗笠を被った武士の顔を見定めた。
「それでは、筧《かけい》さま、お気を付けて……」
中間は告げた。
左近は、中間の唇の動きを読んだ。
筧……。
左近は、痩せた塗笠の武士の名を知った。
筧と呼ばれた武士は、中間に見送られて外濠に向かった。
追う……。
左近は、寺の本堂の大屋根を跳び下りようとした。
その時、柳生藩江戸中屋敷の裏手から托鉢《たくはつ》坊主と半纏《はんてん》を着た遊び人風の男が現れ、筧に続いた。

筧の配下の裏柳生の忍びの者……。

左近は、托鉢坊主と遊び人の素性を読んだ。

筧の護衛、影供《かげとも》か……。

左近は見定め、寺の本堂の大屋根から大きく跳び下りた。


外濠四谷御門に続く四谷大木戸からの通りには、行き交う人たちに混じって旅人もいた。

筧は、落ち着いた足取りで通りを外濠に進んだ。

饅頭笠《まんじゆうがさ》を被った托鉢坊主と遊び人は、それとなく筧の周囲を警戒しながら続いた。

左近は、慎重に尾行した。


外濠には水鳥が遊び、水飛沫が煌めいていた。

筧は、外濠沿いの道に出て赤坂《あかさか》に向かった。

托鉢坊主と遊び人は続いた。

左近は尾行《つけ》た。

赤坂御門前を抜けると溜池《ためいけ》があり、尚も進むと愛宕下《あたごした》大名小路に出る。

愛宕下大名小路の南の端、増上寺裏門前には柳生藩江戸上屋敷がある。

中屋敷から上屋敷に行くのか……。

左近は読み、筧と托鉢坊主や遊び人を尾行した。


溜池の傍を抜けると二股道に出る。

二股は真っ直ぐ東に進む汐見《しおみ》坂と、北に曲がって肥前《ひぜん》国佐賀《さが》藩江戸中屋敷裏に続く道だ。

筧は、溜池の傍を通って汐見坂に進んだ。

托鉢坊主と遊び人は、汐見坂ではなく佐賀藩江戸中屋敷裏の道に進んだ。

どうした……。

左近は、微かな戸惑いを覚えた。

尾行の狙いは、筧が何処に行くのか突き止める事だ。

左近は、迷わず筧を尾行て汐見坂に向かおうとした。

刹那、横手から殺気が迫った。

左近は、地を蹴って大きく跳んだ。

二つの十字手裏剣が唸りを上げ、左近のいた処《ところ》を飛び抜けた。

左近は着地し、振り返った。

托鉢坊主と遊び人が、佐賀藩江戸中屋敷の裏から駆け寄って来た。

気が付かれた……。

左近は、身を翻して溜池の馬場に走った。


溜池の馬場には微風が吹き抜けていた。

左近は立ち止まり、振り返った。

托鉢坊主と遊び人が追って現れた。

左近は苦笑した。

托鉢坊主と遊び人を責めるしかない……。

「裏柳生の忍びだな……」

左近は問い質《ただ》した。

「はぐれ忍びか……」

托鉢坊主は、饅頭笠を取って左近に投げた。

饅頭笠は回転し、縁《ふち》の刃を光らせながら左近に飛来した。
縁に刃を仕込んだ饅頭笠……。
左近は、縁の刃を輝かせて飛来する饅頭笠を無明刀で抜き打ちに斬り下げた。
刃の断つ鋭い音が鳴り、饅頭笠は二つに両断されて落ちた。
次の瞬間、遊び人が十字手裏剣を連投した。
左近は、無明刀を閃かせ、次々と飛来する十字手裏剣を叩き落とした。
托鉢坊主は、錫杖《しやくじよう》の石突《いしづき》から細い槍《やり》の穂先を出して猛然と突き掛かった。
左近は、托鉢坊主の錫杖の槍と激しく斬り結んだ。
遊び人は、苦無《くない》を構えて托鉢坊主と斬り結ぶ左近に背後から跳び掛かった。
左近は、無明刀を一閃した。
遊び人は、無明刀を辛うじて躱して地面に転がった。
左近は、素早く踏み込んで転がった遊び人の顔を蹴り飛ばした。
遊び人は気を失った。
「おのれ……」
托鉢坊主は、錫杖に仕込んだ直刀を抜いて槍を左近に投げた。
左近は、咄嗟に伏せて錫杖の槍を躱し、托鉢坊主に鋭く斬り掛かった。

托鉢坊主は、直刀で必死に斬り結んだ。
左近は、無明刀を鋭く斬り下げた。
托鉢坊主の直刀は、二つに斬り飛ばされた。
左近は、怯《ひる》んだ托鉢坊主の首筋に峰を返した無明刀を鋭く打ち込んだ。
托鉢坊主は顔を歪め、倒れながら左近に抱きつこうとした。
自爆する……。
左近は、大きく跳び退いて伏せた。
托鉢坊主は気を失い、空を泳いで倒れた。
次の瞬間、倒れた托鉢坊主の身体が低い唸りを鳴らして炸裂《さくれつ》した。
伏せた左近の頭上を、煙や爆風と共に血塗《まみ》れの肉片が飛び散った。
煙や爆風が治まり、馬場に小鳥の囀《さえず》りが響いた。
左近は、伏せたまま辺りを窺った。
托鉢坊主は自爆して消え、遊び人だけが気を失って倒れていた。
左近は立ち上がった。
左近は、縛り上げた遊び人を溜池の畔《ほとり》に運び、水を浴びせた。

遊び人は、気を取り戻した。

「気が付いたか……」

左近は笑い掛けた。

「お、おのれ……」

遊び人は己の立場に気が付き、逃れようと必死に踠《もが》いた。

「止《や》めろ。踠けば踠く程、首の縄が絞まる」

左近は笑った。

遊び人は、踠くのを止めた。

「聞く事に素直に答えれば、托鉢坊主同様に死んだ事にして放免してやる」

「何……」

遊び人は、托鉢坊主が左近に始末されたのに気が付き、身震いをした。

「裏柳生の忍びの者、筧とは何者だ」

「筧才蔵《さいぞう》。裏柳生の忍びの頭《かしら》だ……」

遊び人は、裏柳生の忍びから抜ける覚悟を決めた。

「筧才蔵か。して、裏柳生の忍びは何故、はぐれ忍びを狙う……」

「お館《やかた》の柳生幻也斎《やぎゅうげんやさい》さまのお指図だ」

「お館の柳生幻也斎……」

「ああ……」

「そのお館の柳生幻也斎は四谷の中屋敷にいるのか……」

「いいや……」

「ならば、増上寺裏門前の上屋敷か……」

「知らぬ。我らはお館の幻也斎さまが何処にいるのか知らないのだ」

遊び人は告げた。

「ならば、頭の筧才蔵は、上屋敷に何しに行ったのだ」

左近は、筧才蔵の行き先を読んだ。

「柳生藩総目付《そうめつけ》の黒崎兵部《くろさきひょうぶ》さまに逢いに行った……」

「総目付の黒崎兵部……」

「ああ……」

「筧才蔵、黒崎兵部に何用あって逢いに行ったのだ」

「詳しくは知らぬ……」

「はぐれ忍びの事か……」

「おそらく……」

遊び人は頷いた。

「よし。おぬし、名は何と云う」

「佐平次《さへいじ》……」

「よし。佐平次。此の事を黒崎兵部に報せるもよし、報せず此のまま消えるもよし……」

左近は笑い掛けた。

佐平次と名乗った遊び人は、左近に釣られるように笑った。

刹那、左近は佐平次を当て落とした。

佐平次は意識を失った。

左近は、佐平次を縛った縄を切り、音もなく立ち去った。

溜池は煌めき、小鳥の囀りが飛び交った。


裏柳生忍びのお館は柳生幻也斎であり、嘉平を襲ったのは裏柳生忍びの頭の筧才蔵だった。そして、柳生藩総目付の黒崎兵部も此度《こたび》の件に拘《かか》わっているのだろうか……。

左近は、思いを巡《めぐ》らせた。

嘉平の話では、今迄にはぐれ忍びは裏柳生の忍びと闘ったり、拘わった事はなかった。

それなのに何故、はぐれ忍びを狙い始めたのだ。

やはり、背後に何者かが潜んでおり、頼まれての事なのかもしれない。

左近は、増上寺の北の端にある学寮《がくりよう》の屋根に潜み、愛宕下大名小路の柳生藩江戸上屋敷を見張っていた。

柳生藩江戸上屋敷には、様々な者が出入りしていた。そして、裏柳生の忍びの者の佐平次が来る事はなかった。

左近は見張った。

僅かな時が過ぎた。

柳生藩江戸上屋敷の閉められた表門脇の潜り戸が開き、裏柳生の忍びの痩せた男、筧才蔵が出て来た。

頭の筧才蔵……。

左近は、己の気配を消して見守った。

筧才蔵は、辺りに不審な事のないのを見定めて増上寺裏門脇の道を西に進んだ。

四谷の中屋敷に戻るのか、それとも別の処《ところ》に行くのか……。

左近は尾行《つけ》た。

筧は、突き当たりの青松寺《せいしょうじ》の前で北に曲がり、愛宕下広小路を外濠に向かって進んだ。

左近は追った。

筧は、愛宕下広小路を進んで愛宕神社の前を抜けて角を西に曲がった。そして、天徳寺《てんとくじ》門前から汐見坂に向かった。

四谷の柳生藩江戸中屋敷に帰るのか……。

左近は読んだ。


筧才蔵は、汐見坂を下りて溜池の傍で立ち止まった。

血の臭いでもしたか……。

左近は見守った。

筧は、辺りを見廻して溜池の馬場に入って行った。

溜池の馬場には小鳥の囀《さえず》りが響いていた。

裏柳生の忍びの托鉢坊主が自爆した痕跡は、左近が綺麗に消し去っていた。

筧は、馬場に佇んで辺りを窺った。

左近は見守った。

筧は、馬場を進んで托鉢坊主が自爆した処に立ち止まった。そして、しゃがみ込んで地面の土を摘まんで臭いを嗅いだ。

火薬や血の臭いがするのか……。

左近は眉をひそめた。

筧は、摘まんだ土を棄てて立ち上がり、嘲りを浮かべた。

筧は、己の影供をしていた配下の忍びが殺されたのに気が付いた。

左近は睨んだ。


筧は、馬場を出て溜池、外濠沿いの道を四谷に向かった。

筧の後ろ姿には、背後からの攻撃に対する構えが滲んでいた。

油断はない……。

左近は苦笑した。

筧才蔵は、四谷の柳生藩江戸中屋敷に帰るのだ。

左近は睨み、充分な距離を取って続いた。

溜池の桐畑は微風に揺れ、小鳥が囀りながら飛び交っていた。

夕暮れ近く。
金龍山浅草寺《きんりゅうざんせんそうじ》の境内は、参拝客で賑わっていた。
雑踏に女の悲鳴が上がり、周囲にいた人々が一斉に後退《あとずさ》りした。
出来た空間に、中年の浪人が俯《うつぶ》せに倒れていた。
その背には苦無《くない》が突き刺され、血が着物を染めながらゆっくりと広がっていた。
中年の浪人は死んでいる。
大店《おおだな》の隠居風の年寄りは、傍らで恐怖に青ざめて激しく震えていた。
「どうした……」
岡っ引たちが、十手を握り締めて駆け付けて来た。
「私の、私のお供が……」
隠居風の年寄りは、嗄《しやが》れ声を引き攣《つ》らせた。

神田川の流れに月影は揺れていた。
柳原通りの柳並木は、吹き抜ける夜風に緑の枝葉を一斉に揺らしていた。

手拭いで頰被りをした人足は、神田八つ小路から足早にやって来た。

人足は、途中にある柳森稲荷の前に立ち止まり、柳森稲荷と空き地を眺めた。

柳森稲荷と空き地は暗かった。

いつもなら空き地の奥に葦簀張りの飲み屋があり、小さな明かりを灯して人足などの貧乏人に安酒を飲ましている筈だ。

父っつあんの店に近付くな……。

人足は、廻って来た触れを思い出し、その場を離れて柳原通りを両国に向かった。

柳森稲荷の空き地の闇が大きく揺れた。

人足は、神田川に架かっている和泉《いずみ》橋に差し掛かった。

行く手の闇から忍びの者が現れた。

人足は立ち止まり、振り返った。

背後の闇を揺らし、別の忍びの者が現れた。

人足は、忍びの者に挟まれた。

「な、何だ。手前ら……」

人足は声を震わせた。

「はぐれ忍びだな……」

忍びの者は嘲笑した。

人足は、咄嗟に横手の和泉橋に走った。

二人の忍びの者は、十字手裏剣を投げた。

人足は転がって十字手裏剣を躱し、和泉橋の欄干を蹴って背後に大きく跳んだ。

二人の忍びは慌てた。

人足は、着地しながら八方手裏剣を二人の忍びの者に放った。

忍びの者の一人が、八方手裏剣を喉元に受けて倒れた。

人足は、残る忍びの者にも八方手裏剣を投げようとした。

刹那、背後に現れた三人目の忍びの者が人足を押さえ、苦無を突き刺した。

人足は仰《の》け反《ぞ》り、顔を歪めて崩れ落ちた。

二人の忍びの者は、人足の死を見定め、斃《たお》された仲間を担ぎ上げて夜の闇に消え去った。

人足の死体だけが残された。

柳並木の緑の枝葉は夜風に揺れた。

吊るされた色とりどりの着物は揺れた。

揺れる着物の奥には、左近と頬被りをした嘉平がいた。

「浅草寺の境内で隠居のお供をしていた浪人。和泉橋の袂で仕事帰りの人足。それに、神田明神門前町の飲み屋で酒を飲んでいた職人……」

嘉平は、悔しげに告げた。

「三人か……」

左近は眉をひそめた。

「ああ。裏柳生、本腰を入れてはぐれ忍び狩りを始めたようだ」

嘉平は苛立ちを滲ませた。

「うむ。裏柳生の忍びのお館は、柳生幻也斎だ」

左近は報せた。

「柳生幻也斎か……」

「知っているか……」

「ああ。裏柳生の祖、十兵衛《じゅうべえ》三厳《みつよし》の血を引く者だと聞くが、本当かどうかは分からぬ」

嘉平は苦笑した。

「そのような奴か。それから、嘉平の父っつあんを囮《おとり》にしようとした忍びは、頭の筧才蔵だ」

「頭の筧才蔵か……」

「うむ……」

「ならば、昨夜の三人の死は、筧才蔵の率いる柳生忍びの者共の仕業か……」

嘉平は読んだ。

「昨日、筧才蔵は愛宕下の柳生藩江戸上屋敷に総目付の黒崎兵部に逢いに行き、真っ直ぐ四谷の中屋敷に戻った」

左近は、見届けた事を告げた。

「そうか……」

「その時、裏柳生の忍びの二人の影供を始末した。それに気が付いた筧才蔵の報復かもしれぬ」

左近は読んだ。

「いいや。お前さんが影供を始末しなくても、はぐれ忍び狩りは始まったのだ」

嘉平は、冷静に事の次第を読んだ。

「そうか……」

「それにしても、裏柳生にそんな真似をさせるのは、何処の誰かだ……」

嘉平は眉をひそめた。

「そいつは、柳生藩総目付の黒崎兵部が知っているのだろう……」

左近は睨んだ。

「うむ。俺も心当たりを洗ってみる」

嘉平は頷いた。

「よし。はぐれ忍びの者たちには報せておけ。何処で面や素性が割れているのか分からない。呉々《くれぐれ》も油断は禁物だとな」

左近は心配した。

「心得た。俺たちも動きたいのだが、そいつを思うと、下手には動けぬ」

嘉平は、苛立ちを滲ませた。

裏柳生の忍びは、はぐれ忍びに何処まで探りを入れているのか……。

そいつが分からぬ限り、下手な動きは命取りなのだ。

「うむ。嘉平の父っつあん、秩父《ちちぶ》に人を走らせる事は出来るか……」

左近は訊いた。

「秩父か……」

「うむ。面や素姓が割れているか心配をしないで済むのは、はぐれ忍びではない者だ」

「で、信用出来る者か……」

「うむ……」

「よし。手配りをしてみる。それで、お前さんは……」

嘉平は、左近の出方を訊いた。

「柳生藩総目付の黒崎兵部に張り付き、背後に潜む者の割出しを急ぐ……」

左近は笑った。

吊るされた色とりどりの着物は、吹き抜ける微風《そよかぜ》に華やかに揺れた。

四

愛宕下、増上寺裏門前の柳生藩江戸上屋敷は表門を閉めていた。

左近は、大名小路の南の端にある旗本《はたもと》屋敷の中間頭《がしら》に小粒《こつぶ》を握らせ、中間長屋の窓から向かい側の柳生藩江戸上屋敷を窺った。

柳生藩江戸上屋敷はかつての威勢を失っているが、剣で立つ大名家らしく凛《りん》とした緊張感が漂っていた。

裏柳生の忍びは、宗家のかつての威勢を取り戻す為、何者かに頼まれてはぐれ忍び抹殺に動いているのかもしれない。

左近は読んだ。

柳生宗家の威勢を取り戻す……。

それが出来るのは、将軍家か公儀《こうぎ》重職だけだ。

流石《さすが》に将軍家ではあるまい……。

となると、公儀重職の老中《ろうじゆう》か若年寄《わかどしより》だ。

老中と若年寄は大名が務め、それぞれ五人いる。

その中の誰かが、かつてはぐれ忍びに煮え湯を呑まされ、叩き潰そうとしているのかもしれない。

左近は読んだ。

柳生藩江戸上屋敷の潜り戸が開き、背の高い羽織袴《はおりはかま》の武士が二人の供侍《ともざむらい》を従えて出て来た。

背の高い羽織袴の武士は、鋭い眼差しで辺りを窺った。

総目付の黒崎兵部……。

左近の勘が囁いた。

「頭……」

左近は、中間頭を呼んで窓の外を示した。

中間頭は、窓から背の高い羽織袴の武士を見た。

「ああ。総目付の黒崎兵部さまだぜ……」

中間頭は頷いた。

「やはりな……」

左近は、己の勘の正しさに苦笑した。

背の高い武士、柳生藩総目付の黒崎兵部は二人の供侍を従えて増上寺御成《おなり》門前を大横町《おおよこちょう》に進んだ。

「では な……」

左近は、中間頭に笑いかけて中間長屋から出て行った。

黒崎兵部は、二人の供侍を従えて大横町から宇田川町《うだがわちょう》に抜け、東海道を南に向かった。

左近は、塗笠を目深に被って黒崎兵部を尾行《つけ》た。

黒崎兵部は、忍びではないにしても柳生流の遣い手、剣客なのに間違いない。

左近は、慎重に尾行た。

宇田川町から神明町《しんめいちょう》、そして浜松町《はままつちょう》……。

黒崎と二人の供侍は、旅人も行き交う東海道を南に進んだ。

左近は尾行た。

黒崎と二人の供侍は、古川《ふるかわ》に架かっている金杉橋《かなすぎ》を渡り、金杉通りに出た。

金杉通りには、潮の香りが漂っていた。

黒崎と二人の供侍は、金杉通り四丁目と本芝《ほんしば》一丁目の間の辻を東に曲がり、江戸湊に近付いた。

何処に行く……。

左近は追った。

潮の香りが漂い、潮騒は静かに響いていた。

黒崎兵部と二人の供侍は、黒板塀《くろいたべい》に囲まれた料理屋『汐風《しおかぜ》』の木戸門を潜った。

左近は見届けた。

黒崎は料理屋『汐風』で誰かと逢う……。
左近は睨み、黒崎が逢う相手が誰か見定めようと、料理屋『汐風』の路地に入った。
路地は黒板塀沿いに続き、突き当たりに江戸湊が見えた。
左近は、路地に人気のないのを見定め、黒板塀を素早く乗り越えた。
黒板塀の内側は庭であり、江戸湊を眺められる座敷が並んでいた。
左近は、植え込みの陰から並んでいる座敷を窺った。
障子を開け放した座敷の幾つかでは、客が海を眺めながら料理と酒を楽しんでいた。
左近は、黒崎兵部を捜した。
黒崎兵部は、中程の座敷に初老の武士と一緒にいた。
左近は見定めた。
初老の武士は何者なのか……。
左近は、植え込み伝いに座敷の並ぶ母屋の端に走った。そして、素早く母屋の濡れ縁の下に忍び込んだ。

頭上の座敷からは、客たちの楽しげな声が洩れていた。

左近は、濡れ縁の下を黒崎と初老の武士のいる中程の座敷に進んだ。そして、中程の座敷の濡れ縁の下から縁の下に入り込み、素早く己の気配を消した。

「そうか。裏柳生がはぐれ忍び狩りを始めたか……」

笑いを含んだ嗄れ声が聞こえた。

黒崎が逢っている初老の武士……。

左近は見定め、耳を澄ませた。

「如何《いか》にも。既に何人かを斃し、束ねている嘉平と申す年寄りも逃げ、追手を掛けているところです」

黒崎の自信に満ちた声がした。

左近は、初老の武士の素性が知れる言葉を待った。

「はぐれ忍び、下郎《げろう》の分際《ぶんざい》で我が殿の邪魔をし、窮地《きゅうち》に陥れた者共《ものども》。皆殺しにしてくれれば、柳生も浮かぶ瀬もあるというもの……」

初老の武士は、嘲りを浮かべた。

「心得ております。しかし、はぐれ忍びも黙ってはおりませぬ。呉々も御油断召されぬように……」

黒崎は冷徹に告げた。

「云われる迄もない。我が……」

刹那、黒崎は手を上げて初老の武士の言葉を遮った。

初老の武士は言葉を呑み、戸惑いを浮かべて黒崎を見詰めた。

黒崎は、刀を手にして静かに立ち上がった。


頭上の床板が微かに軋んだ。

左近は、咄嗟にその場を転がって離れ、奥に潜んだ。

次の瞬間、刀が畳と床板を貫き、左近の忍んでいた処に輝いた。

此れ迄だ……。

左近は、縁の下を走った。

黒崎は、刀を畳から引き抜き、素早く庭に跳び下りた。

庭に不審な事はなく、潮騒が響いて鷗が長閑《のどか》に舞い飛んでいた。

黒崎は苦笑し、刀を鞘《さや》に納めて初老の武士のいる座敷に戻った。

「曲者《くせもの》か……」

初老の武士は、厳しい面持ちで黒崎を見詰めた。

「相手ははぐれ忍び。てっきりそうかと思ったのですが、どうやら気のせいだったようです」

黒崎は苦笑した。

「そうか、それなら良いが……」

初老の武士は頷いた。


左近は、料理屋『汐風』の屋根から黒板塀を越えて路地に跳び下りた。

黒崎兵部、やはり柳生流の遣い手だ……。

左近は苦笑し、路地から料理屋『汐風』の表に戻った。

空を舞う鷗《かもめ》が煩い程に鳴き出した。


江戸湊に西日が映えた。

左近は、信濃《しなの》国松代《まつしろ》藩江戸屋敷の屋根に忍び、掘割越しに料理屋『汐風』の表を見張っていた。

空の町駕籠《まちかご》がやって来た。

左近は見守った。

空の町駕籠は、料理屋『汐風』の黒板塀の木戸門に入って行った。

帰る客を迎えに来た……。

左近は、帰る客が誰か見定めようとした。

初老の武士が料理屋『汐風』から現れ、女将や仲居に見送られて空の町駕籠に乗り込んだ。

初老の武士の乗った町駕籠は垂れを降ろし、二人の供侍を従えて東海道に向かった。

素性を突き止める……。

左近は、松代藩江戸中屋敷の屋根を下りて町駕籠を追った。

初老の武士を乗せた町駕籠は、二人の供侍を従えて東海道を金杉橋に向かった。

左近は尾行た。

初老の武士を乗せた町駕籠は、金杉橋の手前を西に曲がった。そして、古川沿いの道を西に進んだ。

古川沿いの道は、南側に大名旗本屋敷が連なり、北側に空き地が続いていた。

初老の武士を乗せた町駕籠は、二人の供侍を従えて赤羽橋《あかばね》に向かった。

左近は追った。

不意に微かな唸りが聞こえた。

左近は、咄嗟に伏せた。

刹那、伏せた左近の頭上を十字手裏剣が唸りを上げて飛び抜けた。

裏柳生の忍び……。

左近は跳ね起きた。

黒崎の二人の供侍が、背後から迫って来た。

初老の武士を乗せた町駕籠は、二人の供侍と共に空き地の端を過ぎ、雑草の陰に隠れて見えなくなった。

しまった……。

左近は焦った。

次の瞬間、二人の供侍は、刀を抜いて左近に猛然と襲い掛かった。

左近は、無明刀を抜き放った。

二人の供侍は、息を合わせて交互に間断なく斬り付けた。

左近は斬り結んだ。

刀は煌めいた。

黒崎兵部は、何者かが縁の下に忍んだ疑いを棄て切れず、二人の供侍に初老の武士の後を追わせたのだ。そして、二人の供侍は、初老の武士の乗る町駕籠を尾行る左近に気が付いたのだ。

左近は、己の迂闊《うかつ》さに腹を立て、斬り掛かる供侍に無明刀を一閃した。

無明刀は、供侍を刀ごと両断した。

血が飛んだ。

供侍は、顔を激しく歪めて仰向けに斃れた。

残る供侍は怯んだ。

左近は迫った。

残る供侍は、慌てて逃げようとした。

だが、遅かった。

左近は、無明刀を斬り下げた。

残る供侍は、背中を袈裟懸《けさが》けに斬られ、血を飛ばして空き地の雑草の中に斃れ込んだ。
左近は、無明刀を一振りした。
鋒《きつさき》から血が飛んだ。
左近は、無明刀を鞘に納め、雑草の生い茂る空き地の外れに走った。
空き地の外れからは、古川沿いの道と古川に架かっている赤羽橋が見えるだけだった。
初老の武士を乗せた町駕籠と二人の供侍は、既に何処にも見えなかった。
おのれ……。
左近は、黒崎兵部の二人の供侍を斬り棄てたのを悔やんだ。
二人を殺さず、黒崎が逢った初老の武士が誰か訊き出すべきだったのだ。
此れ迄だ……。
左近は、己に厳しく云い聞かせた。
古川の流れは夕陽に煌めいた。

神田川の流れに月影が映えた。

月影は、櫓を軋ませて来た猪牙舟《ちょきぶね》に砕かれて散った。

猪牙舟は、船縁を柳森稲荷裏の河原に続く岸辺に寄せた。

「行くよ、弥一郎《やいちろう》……」

忍び姿の森口伝内は、若いはぐれ忍びの弥一郎を促して猪牙舟を下り、柳森稲荷裏の河原に向かった。


柳森稲荷前の空き地は暗く、奥にある飲み屋は葦簀を巻いて閉めていた。

虫の音が低く続いていた。

飲み屋に小さな明かりが浮かんだ。

柳森稲荷前の闇が僅かに揺れ、四人の裏柳生の忍びの者たちが現れた。

四人の裏柳生の忍びの者は、柳森稲荷前の飲み屋の様子を窺いに来るはぐれ忍びを待ち伏せしていた。

誰が火を灯した……。

裏柳生の忍びの者たちは、小さな明かりの浮かんだ飲み屋に忍び寄った。

小さな明かりを灯したのは主の嘉平か、それとも他のはぐれ忍びの者なのか……。

裏柳生の忍びの者たちは、見定めようと飲み屋に忍び寄った。

虫の音は消えた。

森口伝内と弥一郎は、忍んでいる暗がりからそれぞれの流派の手裏剣を取り出した。

伝内は四方《しほう》手裏剣、弥一郎は糸巻剣《いとまきけん》だ。

そして、伝内と弥一郎は裏柳生の忍びの者に各々の手裏剣を放った。

二人の裏柳生の忍びの者は、首の後ろに手裏剣を受けて前のめりに倒れた。

残る二人の裏柳生の忍びの者は驚いた。

次の瞬間、伝内は忍び刀を抜いて残る二人の裏柳生の忍びの者に斬り掛かった。

残る二人の裏柳生の忍びの者は、斬り掛かる伝内を慌てて迎え撃った。

刹那、暗がりに忍んでいた弥一郎は、糸巻剣を放って裏柳生の忍びの者の一人を倒した。

残る一人の裏柳生の忍びの者は、慌てて逃げようとした。

伝内は、倒れている裏柳生の忍びの者の刀を取って投げた。

投げられた刀は、逃げ掛けた裏柳生の忍びの者の背を貫いた。

裏柳生の忍びの者は倒れ、息絶えた。

柳森稲荷前の空き地の闇の激しい揺れは静まり、虫の音が湧いた。

伝内と弥一郎は、柳森稲荷の空き地の闇を透《す》かし見、窺った。

忍んでいる裏柳生の忍びの者はいない……。

伝内と弥一郎は見定めた。

「裏柳生め、はぐれ忍びは護っているだけではない」

伝内は冷笑した。

「伝内さん……」

弥一郎は伝内に駆け寄った。

「弥一郎、裏柳生の忍びの死体を神田川に放り込め……」

伝内は命じた。

「心得ました」

伝内と弥一郎は、四人の裏柳生の忍びの者の死体を片付けて立ち去った。

飲み屋の小さな明かりは消えた。

燭台の火は淡く輝いた。

「何、柳森稲荷に忍んでいた者共が消えただと……」

裏柳生忍びの頭覚才蔵は、厳しい面持ちで聞き返した。

「はい。我らが見廻りに行った時には、既に何処にもおりませんでした」

音無しの平八《へいはち》は報せた。

「平八、柳森稲荷の裏や神田川の河原は、調べたのか……」

「はい。死体は勿論《もちろん》、掘り返した跡も何もありませんでした」

平八は告げた。

「おのれ。ならば、死体は神田川か……」

才蔵は読んだ。

「神田川……」

「平八、明日、神田川から大川を調べろ」

「心得ました……」

平八は頷いた。

「うむ。で、平八、京弥《きょうや》を呼べ」

「京弥を……」

平八は眉をひそめた。

「うむ……」

「承知しました」

平八は、一礼して音もなく消えた。

「おのれ、はぐれ忍び、無駄に抗《あらが》いおって……」

才蔵は、悔しげに吐き棄てた。

燭台の火は瞬《またた》いた。


「そうか、柳生藩総目付の黒崎兵部、昨日、芝の料理屋で初老の武士と逢ったのか……」

嘉平は訊いた。

「うむ。初老の武士が何処の大名家の者かは分からぬが、はぐれ忍びが我が殿の邪魔をして窮地に陥《おとしい》れたと云い、はぐれ忍びの皆殺しを柳生に頼んだようだ。心当たりはあるか……」

左近は尋ねた。

「さあて、いろいろあるので、直ぐには思いつかぬが……」

嘉平は眉をひそめた。

「うむ。で、初老の武士は古川沿いを赤羽橋に向かった処で裏柳生の忍びに邪魔をされて見失った」

「古川沿いを赤羽橋か……」

「うむ。おそらく三田《みた》、愛宕下、麻布《あざぶ》辺りに屋敷のある大名家の者かもしれない……」

左近は読んだ。

「ああ。で、昔、はぐれ忍びがその辺りの大名の殿さまの邪魔をし、窮地に陥れたか……」

嘉平は薄く笑った。

「うむ。して、初老の武士は、はぐれ忍びを皆殺しにして恨みを晴らせば、柳生はかつての威勢を取り戻せると云っていた」

「柳生がかつての威勢を取り戻せるだと……」

嘉平は、厳しさを滲ませた。

「ああ。そんな真似が出来るのは、公儀重職の老中か若年寄……」

左近は読んだ。

「分かった。三田か麻布、愛宕下辺りに屋敷のある老中、若年寄だな」

「先ずはその辺りだな……」

「分かった」

嘉平は頷いた。

「ところで裏柳生のはぐれ忍び攻撃はどうなっている」

左近は尋ねた。

「昨夜、柳森稲荷に忍んでいた裏柳生の四人の忍びを、伝内が弥一郎という木曾《きそ》忍びの若い抜け忍と逆に始末した」

嘉平は告げた。

「ほう。森口伝内と木曾のはぐれ忍びの弥一郎か……」

「ああ。はぐれ忍び、護っているだけではないと、思い知らせる為にな……」

嘉平は、楽しげに笑った。

「そうか……」

左近は、はぐれ忍びと裏柳生の忍びが、己の存続を懸けて血で血を洗う殺し合いを始めたのを知った。

第二章　裏柳生

一

四谷大木戸傍の柳生藩江戸中屋敷には、裏柳生の忍びの結界が張られていた。
裏柳生の忍びの頭の筧才蔵は、護りを固めている……。
左近は苦笑した。
裏柳生が護りを固めるべき処《ところ》は、江戸中屋敷より江戸上屋敷なのだ。
初老の武士と再び逢うかもしれない……。
左近は、上屋敷にいる柳生藩総目付の黒崎兵部の動きを見張った。
黒崎兵部には、数人の裏柳生の忍びの者が影のように護りに付いていた。
左近は、黒崎兵部が動くのを待った。だが、黒崎兵部は容易に動かず、初老の武士と逢う事はながった。

左近は見張った。


愛宕下、三田、麻布辺りに屋敷を構え、かつてはぐれ忍びに邪魔をされて窮地に陥った大名家の殿さまで、今は公儀重職に就いている者……。

嘉平は、左近から聞いた裏柳生の背後に潜む者の割出しを急いだ。

はぐれ忍びとして、大名家の殿さまの邪魔をし、窮地に陥れる仕事に雇われた覚えはなかった。

嘉平は読んだ。

だが、はぐれ忍びとして雇われ、いろいろ動いた結果が偶然にも大名家の殿さまの邪魔をし、窮地に陥れてしまったのかもしれない。

もしそうだとなると、嘉平たちはぐれ忍びの意図せぬ処で恨みを買った事になり、割出しは難しい。

ならばどうする……。

嘉平は思案した。

左近は、その大名が柳生家にかつての威勢を取り戻させる力を持つ公儀重職、つまり老中か若年寄かもしれないと睨《にら》んでいた。

公儀重職の老中と若年寄は、各々五人ずついる。その中で愛宕下、三田、麻布辺りに屋敷のある者を捜せば良いのだ。

よし……。

嘉平は、捜し方を変える事にした。


昼間の柳原通りは、夜と違って多くの人が行き交っていた。

途中にある柳森稲荷には僅かな参拝客が出入りし、古着屋、古道具屋、七味唐辛子売りはいつも通りの商売をしていた。だが、奥の葦簀《よしず》張りの飲み屋は店を閉めたままだった。

古着屋は、多くの古い着物を吊るして売っていた。

吊られた古い着物は、神田川からの川風に吹かれて僅かに揺れていた。

古着屋の亭主の辰吉《たつきち》は、煙管《きせる》を燻《くゆ》らせながら着物の品定めをする客を眺めていた。

辰吉の背後の揺れる着物の中には、森口伝内が潜んでいた。

伝内は、揺れる着物の中に潜み、参拝客や行き交う者に裏柳生の忍びの者を捜した。だが、伝内が見る限り、裏柳生の忍びと思える者はいなかった。

「どうですか……」

半纏《はんてん》を着た弥一郎が現れた。

「今のところ、裏柳生の忍びらしき者はいない」

伝内は告げた。

「そうですか。ならば、私が代わります。少し休んで下さい」

弥一郎は笑った。

「そうか。ならば河原で一息入れて来る」

伝内は、弥一郎と交代して神田川の河原に煙草を吸いに行った。

弥一郎は見送り、揺れる色とりどりの着物の陰から行き交う者を窺《うかが》った。

古着屋の前、露店の並ぶ空き地、柳森稲荷の鳥居前……。

裏柳生の忍びらしき者はいない。

弥一郎は、行き交う者の中に裏柳生の忍びを捜し続けた。

僅かな刻が過ぎた。

旅姿の娘が空き地に入って来た。

珍しいな……。

弥一郎は見守った。
十七、八歳の旅の娘は、鳥居の傍に佇《たたず》んで柳森稲荷を眺めた。
その横顔は疲れを滲《にじ》ませており、長い旅をして来た事を窺わせた。

七味唐辛子売りには女客が訪れ、古道具屋では暇な隠居が冷やかしていた。

旅の娘は、古着屋の亭主の辰吉に近付いた。

「つかぬ事をお伺いしますが、此の柳森稲荷前の空き地で薬屋藤助《とうすけ》と申す行商人が商いをしてはおりませんか……」

「薬屋の藤助さん……」

辰吉は聞き返した。

「はい。年の頃は四十過ぎで痩せているのですが……」

旅の娘は、辰吉に縋《すが》るような眼を向けた。

「四十過ぎの痩せた薬の行商人ねえ……」

「はい。御存知ありませんか……」

「今迄に此処《ここ》で商売をした薬の行商人は何人かいてね。その中に藤助さん、いたのかもしれないが……」

辰吉は、申し訳なさそうに告げた。

「覚えていませんか……」

旅の娘は肩を落とした。

「済まないね……」

辰吉は詫びた。

「いいえ……」

旅の娘は、疲れた顔に笑みを浮かべた。

「娘さん、疲れているようだね。良かったら休んで行きな」

辰吉は、自分の後ろに新しい筵《むしろ》を敷いた。

「えっ……」

旅の娘は戸惑った。

「遠慮はいらないよ」

辰吉は笑い掛けた。

「ありがとうございます」

旅の娘は、辰吉に礼を云って筵に座り、安堵《あんど》の吐息を洩《も》らした。

薬の行商人の藤助を捜しに旅をして来た娘……。

弥一郎は、疲れ果てたように筵に座っている旅の娘を見守った。

「出涸《でが》らしだけど、飲むかい……」

古着屋辰吉は、七輪《しちりん》で沸かした湯で茶を淹《い》れ、旅の娘に差し出した。

「ありがとうございます」

旅の娘は、美味そうに茶を飲んだ。

「薬の行商人の藤助さんは、娘さんのお父っつあんかい……」

「はい。私はたまと申します」

旅の娘は名乗った。

「おたまちゃんか……」

辰吉は笑った。

「ちょいと、あの着物、見せて下さいな」

年増《としま》が、離れた処から辰吉に声を掛けた。

「只今《ただいま》。おたまちゃん、此処を頼むよ」

辰吉は、年増の許に素早く立って行った。

「は、はい……」

おたまは、戸惑いながらも頷いた。

「あら、素敵な柄……」

町娘が、吊るされている小紋柄の着物に見惚れていた。

「いらっしゃいませ」

おたまは、町娘の傍に行った。

「本当、お嬢さんに良くお似合いですよ」

おたまは、小紋柄の着物を衣紋掛《えもんかけ》から外し、町娘に羽織らせた。

「あら、そう。私に似合うかしら……」

町娘は喜んだ。

「ええ、そりゃあもう……」

おたまは、笑顔で頷いた。

商売上手だ……。

弥一郎は苦笑した。


公儀重職の老中は、播磨竜野《はりまたつの》五万三千石の脇坂中務大輔《わきさかなかつかさだいふ》、三河吉田《みかわよしだ》八万四千石の松平伊豆守《まつだいらいずのかみ》、下総古河《しもうさこが》八万石の土井大炊頭《どいおおいのかみ》、越後飯森《えちごいいもり》六万石の酒井越後守《さかいえちごのかみ》、武蔵高篠《むさしたかしの》十万石の安藤下野守《あんどうしもつけのかみ》の五人。

若年寄は、永井肥前守《ながいひぜんのかみ》、森川紀伊守《もりかわきいのかみ》、松平玄蕃守《まつだいらげんばのかみ》、本多豊後守《ほんだぶんごのかみ》、堀田摂津守《ほったせつつのかみ》の五人だ。

嘉平は、先ずは五人の老中の中に、愛宕下、三田、麻布辺りに屋敷を構えている者がいるか大名武鑑《ぶかん》で調べ始めた。


左近は、柳生藩江戸上屋敷の見張りを粘り強く続けた。

しかし、総目付の黒崎兵部が動く事はなかった。

忍び込んでみるか……。

左近は、柳生藩江戸上屋敷を見詰めた。

柳生藩江戸上屋敷に裏柳生の忍びの結界は張られていないが、数人の忍びの者が秘かに警護をしているのに間違いはない。

それに、江戸上屋敷にいる家臣たちの多くは、黒崎兵部を始め柳生新陰流の遣い手なのだ。

危険なのは承知しているが、黒崎兵部を動かすには、忍び込んで刺激する必要があるのかもしれない。

よし……。

左近は決め、増上寺学寮の屋根を下りて柳生藩江戸上屋敷の横手から裏の大名屋敷に向かった。

柳生藩江戸上屋敷の裏の大名家は、越後国長岡《ながおか》藩江戸上屋敷だ。

左近は、長岡藩江戸上屋敷を窺った。

長岡藩江戸上屋敷の警戒は緩《ゆる》かった。

左近は、長岡藩江戸上屋敷に潜入して奥御殿の屋根に忍び、柳生藩江戸上屋敷を窺った。

柳生藩江戸上屋敷は静寂に覆われ、要所には見張りの番士がいた。

流石《さすが》は柳生、警戒に抜かりはない……。

左近は、警戒の手薄な忍び口を探した。

忍び口はあった。

左近は、忍び口を見定めて長岡藩江戸上屋敷奥御殿の屋根を下り、奥庭に走った。

奥庭の西の土塀の向こうは、柳生藩江戸上屋敷の裏になっている。

左近は、長岡藩江戸上屋敷の奥庭の土塀に跳び、屋根を蹴って柳生藩江戸上屋敷の裏の長屋塀《ながやべい》に跳んだ。

柳生藩江戸上屋敷は西に表門があり、南北の両横と南の裏手を長屋塀で囲んでいた。その中に、板の内塀の廻された表御殿と奥御殿があった。

左近は、柳生藩江戸上屋敷の裏の長屋塀の屋根に忍び、周囲を窺った。

長屋は侍長屋であり、家来たちはそれぞれの役目に就いて表御殿に行っており、閑散としていた。

左近は、侍長屋の前に人がいないのを見定め、素早く屋根から下りて物陰伝いに表御殿に進んだ。

大名屋敷の表御殿は政務を扱い、奥御殿は藩主一族の住まいなのが普通だ。

総目付の黒崎兵部は、表御殿の何処《どこ》かで仕事をしている筈だった。

左近は、表御殿に忍び込もうとした。

見廻りの番士《ばんし》たちがやって来た。

左近は、咄嗟《とっさ》に物陰に隠れて己の気配を消した。

見廻りの番士たちは、左近に気が付かずに通り過ぎて行った。

左近は、板塀を跳び越えて表御殿の裏手に忍び込んだ。

左近は、表御殿の庭に忍び込み、植え込みの陰を進んだ。表御殿の廊下には、様々な役目の家来たちが忙しく行き交っていた。

左近は、行き交う家来たちが途切れたのを見定めて廊下に上がり、素早く空き部屋に入った。


空き部屋に入った左近は、隅の長押《なげし》に跳んで天井板を動かした。

天井板は動き、暗い天井裏が見えた。

左近は、素早く天井裏に忍び込み、動かした天井板を元に戻した。


天井裏は闇に満ちた。

左近は、天井裏の闇を透かし見た。

天井裏には鳴子《なるこ》が縦横に張り巡らされ、埃《ほこり》の積もる天井板や梁《はり》には撒《ま》き菱《びし》が撒かれていた。

鳴子に撒き菱……。

柳生藩江戸上屋敷の天井裏にしては、当たり前過ぎる警戒だ。

だが、相手は柳生だ。

どのような仕掛けをして警戒をしているのか分からない。
柳生の仕掛けを見定める……。
左近は、張り巡らされた鳴子の紐《ひも》を切った。
鳴子は鳴り響き、天井板と梁の上に落ちた。
刹那《せつな》、天井裏の四方の暗がりから仕掛け弓の矢が次々に飛んだ。
仕掛け弓の矢は唸りを上げて飛び交い、柱や屋根裏に突き刺さって胴震いした。
左近は、身を伏せて頭上を飛び交う仕掛け弓の矢が止《や》むのを待った。
矢が止むと同時に、天井裏の闇から裏柳生の忍びの者が現れた。
左近は、柱に突き刺さっていた仕掛け弓の矢を抜き、打矢《うちや》のように投げた。
裏柳生の忍びの者は、打矢を胸に受けて崩れ落ちた。
左近は、天井板をずらして空き部屋に跳び下りた。

左近は空き部屋に忍び、表御殿の様子を窺った。
表御殿には殺気が満ち、家来たちが各要所を固め始めている。
今の内だ……。
左近は、空き部屋から廊下に跳び出して庭の植え込みの陰を走った。

柳生藩の家来たちは、忍び込んだ曲者が未だ表御殿の天井裏に潜んでいると読み、警戒と攻撃を集中していた。

左近は、板塀を跳び越えて長屋塀の屋根に跳んだ。そして、長屋塀の屋根から長岡藩江戸上屋敷の奥庭に跳び下りた。

左近は、柳生藩江戸上屋敷に騒ぎを起こして脱出した。

柳生藩江戸上屋敷は緊張と殺気に満ち溢《あふ》れ、その警戒は厳しくなった。

「曲者だと……」

総目付の黒崎兵部は、配下の目付に問い質した。

「はっ。何者かが天井裏に忍び込み、裏柳生の忍びを斃《たお》したそうにございます」

「何、裏柳生の忍びの者を……」

黒崎は眉をひそめた。

「はい……」

「して……」

「只今、天井裏を検《あらた》めております」

「そうか……」

天井裏に忍び込み、裏柳生の忍びの者を斃したのは、はぐれ忍びの者に違いない。そして、既に姿を消している筈《はず》だ。

黒崎の勘が囁《ささや》いた。

柳生藩江戸上屋敷に忍び込み、裏柳生の忍びの者を斃す大胆な真似をするのは、はぐれ忍びしかいない。

過日、芝の料理屋に現れたのも、やはりはぐれ忍びだったのだ。

おのれ……。

はぐれ忍びは、裏柳生の忍びの者の攻撃に対抗して攻勢に出た。そして、柳生の背後に潜む者が誰か突き止めようとしているのだ。

黒崎の読みは鋭かった。


左近は、長岡藩江戸上屋敷を抜け出して増上寺の学寮の屋根に戻った。

黒崎兵部は動くか……。

左近は、柳生藩江戸上屋敷を再び見張り始めた。

夕陽は辺りを赤く染めた。

柳森稲荷の鳥居は夕陽に照らされ、その影を空き地に長く伸ばしていた。

参拝客を始めとした訪れた人々は帰り始め、空き地に並ぶ古着屋、古道具屋、七味唐辛子売りは店仕舞いをしていた。

辰吉は、吊るしていた多くの古い着物を弥一郎の引いて来た大八車《だいはちぐるま》に積み込み始めた。

おたまは手伝った。

あれから、おたまは辰吉を手伝い、古い着物を幾つか売っていたのだ。

商売が上手い……。

辰吉は笑みを滲ませ、弥一郎とおたまを引き合わせた。

「それで、おたまちゃん。今夜は何処《どこ》に泊まるんだい」

辰吉は、おたまに尋ねた。

「いえ。未だ……」

おたまは、微かな困惑を滲ませた。

「そうか。良かったら此の近くにある俺の知り合いの商人宿に泊まるか。宿代は店の手伝い賃で払うよ」

辰吉は笑い掛けた。

「えっ。良いんですか、そんな……」

「ああ。うちを手伝いながら薬の行商人のお父っつあんを捜すが良いさ」

辰吉は告げた。

「おたまちゃん、辰吉さんの言葉に甘えると良いよ」

弥一郎は笑った。

「は、はい……」

おたまは、嬉しそうに頷いた。

「よし、決まった。弥一っつあん、急ぐぜ」

「合点だ」

辰吉と弥一郎は、古着を大八車に手早く積み込んだ。

おたまは手伝った。

日は暮れた。


柳生藩江戸上屋敷は、屋敷内の各所に篝火《かがりび》を焚き、見張りや見廻りを厳しくした。

左近は、増上寺学寮の屋根から見張った。

柳生藩江戸上屋敷表門脇の潜り戸が開き、二人の供侍を従えた武士が出て来た。

左近は眼を凝《こ》らした。

二人の供侍を従えた武士は、総目付の黒崎兵部だった。

黒崎兵部……。

左近は見定めた。

黒崎兵部は、鋭い眼差しで辺りを窺った。そして、二人の供侍を従えて大横町を愛宕山に向かった。

左近は苦笑した。

黒崎は、これ見よがしに鋭い眼で辺りを見廻す下手な芝居をして誘《おび》き出そうとしている。

ならば、誘いに乗ってやろう……。

左近は決め、増上寺学寮の屋根から跳び下りた。

黒崎と二人の供侍は、愛宕山の前を北に曲がって行った。

左近は追った。

黒崎兵部と二人の供侍は、青松寺と愛宕神社の前を通って西に曲がった。

左近は、尾行《つけ》ながら背後の闇を窺った。
背後の闇からは、微かな殺気が追って来ていた。
裏柳生の忍びと黒崎配下の者共……。
左近は睨んだ。

二

溜池傍の馬場は月明かりに照らされ、虫の音に満ちていた。
黒崎兵部は、二人の供侍を従えて溜池傍の馬場に入って行った。
馬場で決着をつけるつもりか……。
左近は読んだ。
背後から、裏柳生の忍びの者と黒崎配下の殺気は迫って来ている。
よし……。
左近は、馬場に進んだ。
溜池傍の馬場に満ちていた虫の音は消えた。

黒崎兵部と二人の供侍は、馬場に佇んで尾行て来るはぐれ忍びが現れるのを待った。

殺気が浮かび、馬場に近付いて来る。

はぐれ忍びか……。

黒崎は馬場の入口を見据え、二人の供侍は喉を鳴らした。

馬場の入口に現れたのは、黒崎配下の者たちだった。

はぐれ忍びの者はどうした……。

黒崎は、誘いに乗ったはぐれ忍びが現れないのに戸惑った。

「黒崎さま……」

配下の木村左馬之助《きむらさまのすけ》が黒崎に駆け寄った。

「尾行ていたはぐれ忍びは……」

木村は戸惑った。

「分からぬ。油断するな、左馬之助……」

黒崎は眉をひそめた。

供侍と木村たち配下の者は、素早く攻撃態勢を整えて身構えた。

刹那、配下の一人の胸に黒い棒手裏剣が突き刺さった。

配下の者は呻《うめ》き、斃れた。

「はぐれ忍びだ……」

木村たち配下の者は緊張した。

黒い棒手裏剣は、次々と飛来して配下の者たちを倒した。

「おのれ。退《ひ》け……」

黒崎は命じた。

木村たち配下は、素早く黒崎を中心に護りの態勢を取った。

夜の闇が激しく揺れ、二人の裏柳生の忍びの者と斬り結びながら左近が姿を現した。

「はぐれ忍び……」

黒崎は、左近をはぐれ忍びだと見定めた。

左近は、二人の裏柳生の忍びの者と闘った。

「逃がすな……」

黒崎は命じた。

木村たち配下の者は、二人の裏柳生の忍びの者と左近を取り囲んだ。

左近は、無明刀を閃かせて二人の裏柳生の忍びの者を斬り棄てた。

左近を取り囲んだ木村たち配下の者は、刀を構えてゆっくりと廻り始めた。

「柳生流車懸《くるまがか》りか……」

左近は読み、無明刀を正眼《せいがん》に構えた。

木村たち配下は、左近の周りを廻りながら次々に斬り掛かった。

左近は応戦した。

配下たちは危なくなると直ぐに退き、次の者が代わって斬り掛かった。

左近は、次々に代わって斬り掛かる配下と絶え間なく斬り結んだ。

疲れさせて葬る気か……。

左近は苦笑した。

「はぐれ忍び、此《こ》れ迄《まで》だ……」

黒崎は、車懸りをする配下の者たちの背後で冷笑した。

「黒崎兵部、はぐれ忍びを葬れと、何処の誰に頼まれたのだ……」

左近は、黒崎に訊いた。

「冥途《めいど》に行くのに土産は要らぬ……」

黒崎は、嘲りを浮かべた。

「ならば、行かぬ迄だ」

左近は、黒崎に笑い掛けた。
黒崎は、左近の笑みに戸惑った。
刹那、左近は斬り掛かる配下の者を無明刀で真っ向から斬り下げた。
剣は瞬速《しゅんそく》……。
配下は、額《ひたい》から血を流して仰向けに斃れた。
車懸りの攻撃は滞り、木村たち配下の者は狼狽《うろた》えた。
左近は、無明刀を縦横に閃かせた。
配下の者共は、斬り結ぶ間もなく血を飛ばして斃れた。
左近は、返り血を浴びて微笑《ほほえ》みを浮かべていた。
まるで修羅《しゅら》だ……。
黒崎は、左近の尋常ではない強さに驚いた。
此れ迄だ……。
「退け……」
黒崎は命じた。
木村たち配下は、一斉に闇の中に退いた。
左近は、残った黒崎に対峙し、血に塗《まみ》れた無明刀を一振りした。

無明刀の鋒《きつさき》から血が飛んだ。

「黒崎兵部、もう一度訊く、はぐれ忍びを葬れと命じたのは誰だ」

左近は、黒崎を鋭く見据えた。

「依頼人の名を洩らす程、柳生は落ちぶれてはおらぬ……」

黒崎は苦笑し、大きく跳び退いて闇に消えた。

左近は、その場に佇んで五感を働かせた。

既に殺気は消え、人の気配も窺えなかった。

五感に引っ掛かるものは何もない……。

どうやら、黒崎兵部と配下の者共は、引き上げたようだ。

左近は見定め、無明刀を鞘に納めた。

馬場に虫の音が湧いた。


四谷大木戸傍の柳生藩江戸中屋敷は、裏柳生の忍びの結界が張られていた。

表御殿の一室では、裏柳生の筧才蔵と黒崎兵部が逢っていた。

「そうですか、柳生流車懸り、破られましたか……」

筧才蔵は眉をひそめた。

「うむ。あのはぐれ忍び、何者なのか……」

黒崎兵部は、悔しさを滲ませた。

「今迄のはぐれ忍びの遣い手の洗い直しをしてみたところ、どうやら日暮左近と名乗っている者かと……」

才蔵は告げた。

「日暮左近……」

黒崎は眉をひそめた。

「はい。日暮左近は本名ではなく、素性もはっきりしないはぐれ忍び……」

寛は告げた。

「名も素性もはっきりしないはぐれ忍び……」

「はい。柳生幻也斎さまの先代のお館さまの時、裏柳生を完膚《かんぷ》無《な》き迄に叩きのめした忍びの者がおり、それが……」

「日暮左近か……」

黒崎は眉をひそめた。

「はい。忍びでありながら無銘の胴田貫《どうたぬき》を操る剣の遣い手だと……」

寛は、厳しい面持ちで黒崎を見詰めた。

「無銘の胴田貫か……」

黒崎は、一閃で配下を倒したはぐれ忍びの刀の斬れ味を思い出した。

「柳生流の車懸りを破ったはぐれ忍び、その日暮左近なる者に間違いあるまい……」

黒崎は、はぐれ忍びを日暮左近なる者だと見定めた。

「そうですか……」

筧は頷いた。

「うむ。して、はぐれ忍びを束ねている柳森の嘉平は……」

「葦簀張りの飲み屋を閉め、姿を消したままにございます」

「おのれ、何処に隠れたのか……」

「ま、此のままはぐれ忍びの者共を殺し続ければ、嫌でも現れるでしょう」

筧は、冷酷な笑みを浮かべた。

「うむ……」

「それに今、手の者がはぐれ忍びの者共の割出しを急ぎ、嘉平の居場所を突き止めようとしています」

「それなら良いが。筧、日暮左近ははぐれ忍びの皆殺しを我らに依頼した者が誰か突き止めようとしている」

「日暮左近が……」

「うむ。依頼人を突き止められるは、柳生の恥辱《ちじょく》。一刻も早く柳森の嘉平と日暮左近たちはぐれ忍びを皆殺しにしろ」

黒崎は命じた。

「心得ました」

筧才蔵は頷いた。

隅田川は浅草吾妻橋《あずま》から下流を大川と呼ばれ、江戸湊に流れ込んでいる。吾妻橋と両国橋の間に公儀米蔵の浅草御蔵《おくら》があり、傍らには御厩《おうまや》河岸があった。

御厩河岸の船着場には、明かりの灯された屋根船が舫《もや》われ、大川の流れに小さく揺れていた。

屋根船の障子の内には、嘉平と左近が行燈《あんどん》の仄《ほの》かな明かりを受けていた。

「して、五人の老中の内、愛宕下、三田、麻布辺りに江戸上屋敷を構えている者はいたのか……」

左近は尋ねた。

「二人いた」

嘉平は、小さな笑みを浮かべた。

「誰だ……」

「越後国飯森藩酒井越後守と武蔵国高篠藩安藤下野守の二人だ」

嘉平は告げた。

老中の酒井越後守と安藤下野守……。

左近は知った。

「酒井越後守と安藤下野守、屋敷は何処だ」

「酒井越後守は古川沿いの久保三田町《くぼみたちょう》、安藤下野守は麻布宮下町《みやしたちょう》だ」

「三田久保町と麻布宮下町か……」

「ああ……」

嘉平は頷いた。

「して、その二人と拘わりがあるのか……」

「そいつが覚えがない……」

嘉平は首を捻った。

「ま、こっちは良く覚えてもいない行き掛かりの些細《ささい》な出来事でも、相手にとっては邪魔をされ、窮地に落とされた大事だったのかもしれない……」

左近は苦笑した。

「うん……」

嘉平は、肩を落とすように頷いた。

「酒井越後守の飯森藩江戸上屋敷は三田久保町、安藤下野守の高篠藩江戸上屋敷は麻布宮下町なのだな」

左近は念を押した。

「うむ……」

「その二人のどちらかが、柳生藩総目付の黒崎兵部を通じて裏柳生の忍び、筧才蔵を動かしている……」

「ああ。さあて、どっちかな……」

「よし。酒井越後守と安藤下野守、急ぎ調べてみよう」

左近は決めた。

「宜しく頼む……」

嘉平は、左近に頭を下げた。

「ところで嘉平の父っつあん、裏柳生のはぐれ忍び攻撃はどうなっている」

左近は尋ねた。

「うむ。今は落ち着いているが、いつ又始まるか……」

嘉平は眉を顰《ひそ》めた。

「うむ。して、森口伝内は……」

「弥一郎って若い木曾の抜け忍と、何も知らずに柳森稲荷に来るはぐれ忍びを裏柳生の忍びから護っている……」

「そうか。とにかく、柳生は藩の浮沈存亡を懸けてはぐれ忍びを皆殺しにしようとしているのだ。呉々《くれぐれ》も油断なきよう……」

左近は、厳しく告げた。


夜の柳森稲荷は虫の音に満ちていた。

柳原通りを来た着流しの浪人が立ち止まり、柳森稲荷前の空き地の闇を透かし見た。

「はぐれ忍びか……」

鳥居の闇からくぐもった声がした。

着流しの浪人は、咄嗟に刀の柄《つか》を握り、鳥居に向かって身構えた。

虫の音が消えた。

次の瞬間、着流しの浪人は背中を押されたように前に揺れた。

「な、何だ……」

着流しの浪人は戸惑い、首を捻って己の背中を見た。

背中には、柳生流十字手裏剣が深々と突き刺さっていた。

「お、おのれ……」

着流しの浪人は、顔を歪めて振り返った。

刹那、柳生流十字手裏剣が飛来し、着流しの浪人の首に突き刺さった。

着流しの浪人は、仰向けに仰け反《のぞ》り斃れた。

柳森稲荷の闇の揺れが静まり、虫の音が湧いた。


三田久保町に江戸上屋敷を構える越後国飯森藩藩主の酒井越後守。

麻布宮下町に江戸上屋敷のある武蔵国高篠藩藩主の安藤下野守。

此の二人の老中の何方《いずれ》かが、はぐれ忍びに恨みを抱いて柳生に皆殺しを依頼した者なのかもしれない。

見定める……。

先ずは三田久保町の飯森藩江戸上屋敷の酒井越後守だ。

左近は、古川に架かっている二之橋《にのはし》の東の袂に佇み、飯森藩江戸上屋敷を眺めた。

飯森藩江戸上屋敷は表門を閉め、静寂に満ちていた。

もし、酒井越後守がはぐれ忍び皆殺しを柳生藩に依頼したのなら、総目付の黒崎兵部と芝の料理屋『汐風』で逢っていた初老の武士がいる筈だ。

左近は読んだ。

おそらく、初老の武士は藩主の酒井越後守の側近ということになるのだ。

左近は、飯森藩江戸上屋敷に潜入して藩主酒井越後守の側近たちの中に初老の武士を捜す事にした。

飯森藩江戸上屋敷は家来たちの警戒だけであり、左近にとっては楽な潜入だった。

左近は、表御殿に潜入して御座《ござ》の間《ま》の天井裏に忍び、藩主の酒井越後守と側近の家来たちを見定めようとした。

柳森稲荷には参拝客が訪れ、空き地に並ぶ古着屋、古道具屋、七味唐辛子売りには冷やかし客がいた。

古着屋の様々な着物の前では、辰吉とおたまが偶《たま》に訪れる客の相手をしていた。

森口伝内と弥一郎は、吊るされた着物の陰で辰吉とおたまを見ていた。

「あの娘がおたまか……」

伝内は、女客の相手をしているおたまを眺めていた。

「はい。薬の行商人の父親を捜しに江戸に来た娘でしてね。商売上手なので辰吉っつあんが手伝いに雇ったんですよ」

弥一郎は笑った。

「そうか……」

「それにしても、笹川八兵衛《ささがわはちべえ》さんも姿を消したなんて……」

弥一郎は眉をひそめた。

「笹川八兵衛、昨日の昼間、此処に来なかったか……」

伝内は尋ねた。

「来ましたよ。夜の蔵番に行く前に、嘉平さんはどうしているかって……」

弥一郎は、怪訝な面持ちで告げた。

「で……」

伝内は、弥一郎に話の先を促した。

「無事にしていると伝えましたよ」

「そうか……」

「はい」

「よし。ならば弥一郎、いつもの通り、辰吉っつあんの古着運びを手伝いながら、はぐれ忍びの誰かが来たら直ぐに身を隠せとな」

伝内は、厳しい面持ちで命じた。

「心得ました」

弥一郎は頷いた。

「じゃあな……」

伝内は、吊るされて揺れている着物の後ろを通って立ち去って行った。

弥一郎は見送り、古着屋の前を見た。

古着屋の前で女客に着物を見立てていたおたまは、弥一郎に気が付いて微笑んだ。

飯森藩江戸上屋敷の表御殿の屋根裏は、薄暗く黴《かび》の臭いに満ちていた。
左近は、梁の上から身を乗り出し、天井板に坪錐《つぼきり》で小さな穴を開けて覗いていた。

眼下の御座の間の上段の間には、肥《ふと》った中年の武士が座り、下段の間には家来が伺候《しこう》していた。

肥った中年の武士が、飯森藩藩主で公儀老中の酒井越後守宗頼《むねより》だった。

酒井越後守宗頼は、欠伸《あくび》を嚙み殺し、面倒そうに家来たちの報告を聞いていた。

報告に来る側役《そばやく》や近習《きんじゅう》など身近に仕えている家来の中には、柳生藩総目付の黒崎兵部と料理屋で逢った初老の武士は未だいなかった。

左近は、天井裏に忍んで見張り続けた。

陽は西に大きく傾き、柳原通りを行き交う人々の影を両国広小路の方に長く伸ばした。

弥一郎は、柳森稲荷前の空き地に入って来た若い職人に気が付いた。

根来《ねごろ》の抜け忍ではぐれ忍びの喜八《きはち》……。

喜八は、古着屋の前を通って店を閉めている飲み屋に近寄った。

拙《まず》い……。

裏柳生の者が潜んでいたら、喜八をはぐれ忍びだと見定める……。

弥一郎は、佇む喜八に素早く小石を投げた。

喜八は、吊られた着物の陰にいる弥一郎に気が付いた。

弥一郎は、早く立ち去るように目配せをした。

喜八は頷き、飲み屋から素早く離れて古着屋、古道具屋、七味唐辛子売りの前を通って柳原通りに出て行った。

弥一郎は、微かな安堵を滲ませて見送った。

「あっ……」

おたまは、柳原通りを見ていて小さな声を上げた。

「どうした、おたまちゃん……」

辰吉が怪訝に訊いた。

「今、お父っつあんに良く似た人が柳原通りを……」

おたまは、辰吉に訴えた。

「そいつは大変だ。お父っつあんかどうか確かめておいで……」

辰吉は、慌てて勧めた。

「ありがとうございます。じゃあ……」

おたまは、駆け出して行った。

「どうしたんです、おたまちゃん……」

弥一郎は、怪訝な面持ちで辰吉に近付いた。

「お父っつあんに良く似た人が通ったそうだ」

「へえ、お父っつあんなら良いですね」

「うん……」

弥一郎と辰吉は、おたまが父親に逢えるのを願った。

三

おたまが、柳森稲荷前の空き地の古着屋に戻って来た。

「どうだった……」

辰吉は尋ねた。

「人違いでした」

おたまは、淋しげに筵に座った。

「そうか。ま、焦らずに捜すしかないよ」

辰吉は慰めた。

「はい……」

おたまは頷いた。

女の悲鳴が上がり、柳原通りを人々が両国に向かって走って行くのが見えた。

何かあった……。

弥一郎は緊張した。

「どうしたのかな……」

辰吉は、眉を曇らせた。

「見て来ます」

弥一郎は走った。


柳森稲荷の先の和泉橋の袂には、野次馬が集まっていた。

弥一郎は駆け寄った。

「どうしたんです」

「人が死んでいるんですよ」
野次馬の男は、和泉橋の欄干の下を指差した。
和泉橋の欄干の下では、岡っ引たちが斃れている若い職人を見ていた。
喜八……。
弥一郎は、斃れている若い職人がはぐれ忍びの喜八だと気が付いた。
弥一郎は、駆け寄りたい衝動を抑え、喜八を良く見た。
喜八は、首の後ろに柳生流十字手裏剣を受けて死んでいた。
裏柳生の忍びの仕業……。
弥一郎は睨み、思わず辺りを窺った。
野次馬の中には、裏柳生の忍びらしき者はいない。
弥一郎は見定めた。
何《いず》れにしろ、はぐれ忍びの喜八は裏柳生の忍びに殺されたのだ。
柳森稲荷の何処かに、裏柳生の忍びの者が潜んでいる。
弥一郎は、緊張を募らせた。
飯森藩江戸上屋敷の表御殿では、藩主酒井越後守宗頼の許に多くの家来が出入りしていた。
左近は、御座の間の天井裏に忍び、出入りをする家来たちを見守った。
出入りする家来たちの中には、柳生藩総目付黒崎兵部と芝の料理屋で逢ってい
た初老の武士はいなかった。
初老の武士は、飯森藩の家臣ではないのかもしれない。
ならば、もう一人の老中、安藤下野守の武蔵国高篠藩の者なのか……。
左近は、飯森藩江戸上屋敷を出てもう一人の老中である安藤下野守の高篠藩江
戸上屋敷に急いだ。

武蔵国高篠藩江戸上屋敷は、麻布宮下町にあった。
左近は、高篠藩江戸上屋敷を眺めた。
高篠藩江戸上屋敷には、飯森藩江戸上屋敷同様に静寂が満ちていた。
だが、違うところもある。
左近は、高篠藩江戸上屋敷の警戒の方が飯森藩江戸上屋敷より厳しいと睨んだ。
よし……。
左近は、高篠藩江戸上屋敷の隣の大名屋敷の表御殿の屋根に忍んだ。そして、

高篠藩江戸上屋敷を窺った。

高篠藩江戸上屋敷の警戒は、他藩の上屋敷同様に家来たちが見廻りをしているぐらいだった。

左近は、割れた瓦を拾い、高篠藩江戸上屋敷に投げた。

瓦の破片はくるくると回転しながら高篠藩江戸上屋敷に飛び、表御殿の玄関の壁に当たって落ちた。

次の瞬間、江戸上屋敷を囲む長屋門の上に家来たちが現れ、辺りを警戒した。

高篠藩江戸上屋敷は、何者かの襲撃に備えて厳しい警戒をしている。

左近は見定めた。

よし……。

左近は、高篠藩江戸上屋敷に忍び込む事にした。

如何《いか》に家来が警戒を厳しくしたところで、左近の潜入を防ぐ事は出来ない。

左近は、家来たちの警戒網を搔い潜り、高篠藩江戸上屋敷に忍び込んだ。そして、表御殿の天井裏を御座の間に進んだ。

御座の間の天井裏に進んだ左近は、脚を梁に絡み付けて逆さになり、天井板に穴を開けて覗いた。

御座の間の上段の間には、痩せて小柄な中年の武士が座っていた。

藩主の安藤下野守元信《もとのぶ》……。

左近は、痩せて小柄な中年の武士を老中で藩主の安藤下野守だと見定めた。

安藤下野守元信は、眉間に皺《しわ》を寄せ、神経質そうな面持ちで家来たちの報告を聞いていた。

報告する家来たちの中に、柳生藩総目付の黒崎兵部と逢っていた初老の武士はいなかった。

左近は見守った。

家来たちの報告は終わったのか、伺候する者は途絶えた。

「奥に参る」

安藤下野守は立ち上がり、上段の間を出ようとした。

「殿……」

御座の間に近習が入って来た。

「何だ……」

「御側役《おそばやく》の山岡采女正《やまおかうねめのかみ》がお見えにございます」

近習は告げた。

「おお、山岡が参ったか、通すが良い……」

安藤下野守は命じた。

「はっ……」

近習が立ち去り、初老の武士が入って来た。

いた……。

左近は、入って来た初老の武士を見詰めた。

柳生藩総目付の黒崎兵部と芝の料理屋で逢っていた初老の武士……。

左近は見定めた。

「おう。山岡、此れに参れ……」

安藤下野守は、上段の間の端に腰掛けた。

側役の山岡采女正と呼ばれた初老の武士は、安藤下野守の前に伺候した。

「して山岡、例の一件、どうなっている」

安藤下野守は、山岡采女正に厳しい眼を向けた。

「はい。それなのでございますが……」

山岡は、声を潜めて話を始めた。

安藤下野守は、眉間に皺を寄せて山岡の話を聞いていた。

おそらく話は、裏柳生のはぐれ忍び狩りについてだ。

左近は読んだ。

柳生にはぐれ忍びの皆殺しを依頼したのは、武蔵国高篠藩の安藤下野守元信……。

左近は見定めた。

しかし何故、安藤下野守ははぐれ忍びの皆殺しを柳生に依頼したのだ。

はぐれ忍びは、安藤下野守に何をしたのだ。

裏柳生に皆殺しを頼む程の恨みとは、何なのだ。

そいつは、はぐれ忍びを束ねている嘉平に訊くしかないかもしれない。

よし……。

左近は、高篠藩江戸上屋敷から脱出した。


大川を行き交う船は、船行燈の明かりを流れに揺らしていた。

大川御厩河岸の船着場に舫われた屋根船には、明かりが灯されていた。

「笹川八兵衛に続き、根来の抜け忍の喜八も殺されたか……」

嘉平は眉をひそめた。

「うむ。弥一郎の話では、柳森稲荷に来たので直ぐに立ち去れと云い、帰った直後に和泉橋で殺されたそうだ」

森口伝内は、悔し気に告げた。

「柳森稲荷から帰った直後か……」

「うむ……」

「柳森稲荷に裏柳生の忍びがいるか……」

嘉平は読んだ。

「きっとな……」

伝内は頷いた。

「心当たり、あるのか……」

「ない事もない……」

「そうか。ならば……」

「確かめてみる」

伝内は、厳しい面持ちで告げた。

「うむ……」

嘉平は頷いた。

鉄砲洲波除稲荷は、蒼白い月明かりを受けて潮騒に覆われていた。

左近は、八丁堀沿いの道を鉄砲洲波除稲荷傍の巴屋の寮に向かっていた。

亀島川と合流する手前の八丁堀には稲荷橋が架かっており、その袂を過ぎると鉄砲洲波除稲荷がある。

左近は、稲荷橋の袂に差し掛かった。

稲荷橋の袂の闇が揺れた。

左近は身構えた。

揺れた闇から小さな虫が飛んだ。

小さな虫は、月明かりに照らされて飛んだ。

青い天道虫《てんとうむし》……。

左近は見定めた。

「小平太《こへいた》か……」

左近は、揺れた闇に囁《ささや》き掛けた。

「左近さま……」

秩父《ちちぶ》忍びの小平太と猿若《さるわか》が、揺れた闇から笑みを浮かべて現れた。

「良く来てくれた……」

左近は迎えた。


行燈の灯は、左近、小平太、猿若を仄《ほの》かに照らした。

左近は、公儀老中である武蔵国高篠藩藩主安藤下野守元信が柳生に柳森稲荷の嘉平を始めとしたはぐれ忍びの皆殺しを依頼し、既に何人かが殺されている事を、小平太と猿若に話した。

小平太と猿若は、黙って左近の話を聞き終えた。

「はぐれ忍びを皆殺しですか……」

小平太は、緊張を滲ませた。

「老中の安藤元信が如何なる理由があって柳生に頼んだのかは、未だ分からぬがな……」

左近は告げた。

「それで、嘉平さんは……」

猿若は心配した。

「無事に姿を隠している……」

「そいつは良かった……」

嘉平に何度も逢っている猿若は、安堵の笑みを浮かべた。

「して、我らは何を……」

小平太は、膝を進めた。

「うむ。裏柳生の忍びに命を狙われているはぐれ忍びが下手に動けぬ今、小平太と猿若には愛宕下増上寺裏門前の柳生藩江戸上屋敷にいる総目付の黒崎兵部を見張って貰いたい」

「柳生藩総目付の黒崎兵部ですか……」

小平太は、緊張を滲ませた。

「うむ。黒崎兵部は、依頼主の高篠藩藩主の安藤下野守側役の山岡采女正と裏柳生忍びの筧才蔵を繋いでいる者。その動きをな……」

左近は、黒崎兵部を見張る理由を告げた。

「心得ました」

小平太と猿若は頷いた。

「黒崎兵部、忍びではないが柳生新陰流の遣い手。鍛えられた配下もいるし、裏柳生の忍びも影供をしている。呉々も気を付けてな」

左近は、云い聞かせた。

「我らは数少ない秩父忍び、陽炎《かげろう》さまを落胆させるような迂闊《うかつ》な真似はしません」

小平太は小さく笑った。

「よし……」

左近は微笑んだ。

行燈の灯は瞬いた。


大川を吹き抜ける川風は、御厩河岸の船着場に佇む左近の鬢《びん》の解《ほつ》れ毛を揺らした。

頬被りした船頭が漕ぐ屋根船が、御厩河岸の船着場に船縁を寄せた。

左近は、頬被りをした船頭に目配せをして屋根船に乗った。

頬被りをした船頭は、左近を乗せた屋根船を御厩河岸の船着場から離し、浅草御蔵に進めた。

浅草御蔵は敷地三万六千余坪、五十四棟二百七十戸前の公儀最大の米蔵であり、八つの掘割があった。

頬被りをした船頭は、屋根船を空いている堀に進めて舫《もや》い、障子の内に入った。

船頭は、頬被りを取りながら左近の待つ障子の内に入った。

「おう。どうした……」

頬被りを取った船頭は、柳森稲荷の嘉平だった。

「柳生にはぐれ忍びの皆殺しを頼んだ者が分かった……」

「何処の誰だ……」

嘉平は、身を乗り出した。

「老中の武蔵国高篠藩藩主安藤下野守元信だ」

左近は報せた。

「高篠藩の安藤下野守元信だと……」

嘉平は、戸惑いを浮かべた。

「うむ。皆殺しを企てられる程の恨み、何があったのか思い出して貰おう」

左近は苦笑した。

「さあて、安藤元信、名を聞いても直ぐには思い当たる事はないが……」

嘉平は眉をひそめた。

「安藤下野守元信、いつも眉間に皺を寄せているような痩せた小柄な中年男だ」

左近は告げた。

「他人には厳しく、何でも斜《はす》に見る執念深そうな奴だな」

嘉平は、安藤元信の人柄を読んだ。

「おそらくな。はぐれ忍びへの恨みも、思いもよらぬ逆恨みかもしれぬ……」

左近は睨んだ。

「うむ。大名の安藤元信の恨みを買ったとなると、やはり大名絡みの件だろうな」

嘉平は読んだ。

「きっとな……」

左近は頷いた。

「よし。急いで調べてみる」

「うむ。して、裏柳生の忍びのはぐれ忍び狩りはどうなっている」

「昨日も一人斃された」

嘉平は、腹立たし気に告げた。

「昨日も……」

左近は眉をひそめた。

「うむ。裏柳生の忍び、どうやら柳森稲荷を見張っているようだ。今、森口伝内が調べている」

「そうか……」

左近は頷いた。

大きな船が大川を通り抜けたのか、浅草御蔵の堀に繋いだ屋根船は大きく揺れた。


愛宕下大名小路には、下城して来た大名の行列が行き交った。

小平太と猿若は、旗本屋敷の中間長屋の武者窓から向かい側の柳生藩江戸上屋敷を見張っていた。

旗本の中間長屋は、左近が中間頭に金を握らせたところだった。

小平太と猿若は、左近に命じられた通り柳生藩江戸上屋敷にいる総目付の黒崎兵部を見張った。

柳生藩江戸上屋敷から黒崎兵部が配下を従えて出て来た。

「あの侍が黒崎兵部だぜ」

中間頭は報せた。

「そうか、助かったよ……」

小平太は中間頭に礼を云い、猿若を促して旗本屋敷の中間長屋を出た。

黒崎兵部は、二人の配下を従えて増上寺裏門前を青松寺に向かった。

猿若が現れ、充分に距離を取って黒崎兵部と二人の配下を追った。

黒崎と二人の配下が青松寺の前を北に曲がり、猿若が続いた。

二人の武士が現れて続いた。

裏柳生の影供か……。

小平太が厳しい面持ちで現れ、追った。


吊るされた色とりどりの着物は、神田川から吹き抜ける風に静かに揺れていた。

古着屋の辰吉とおたまは、訪れた客の相手をしていた。

森口伝内と弥一郎は、揺れる着物の奥に佇み、女客たちの相手をしているおたまを見守っていた。

「おたまちゃんの様子ですか……」

弥一郎は、戸惑いを浮かべた。

「うん。何か変わった様子はないかな……」

伝内は尋ねた。

「さあ、取り立てて……」

「そうか。昨日、喜八が来た時、おたまちゃんはどうしていた……」

「お客の相手をしていたと思いますけど……」

「で、喜八が帰った後は……」

「伝内さん、おたまちゃんが裏柳生の忍びだと……」

弥一郎は眉をひそめた。

「いや。そうは云っていない。弥一郎、喜八が帰った時、おたまちゃんは何をしていたのだ……」

伝内は、厳しい面持ちで問い質した。

「喜八が帰った後、おたまちゃん、お父っつあんに良く似た人が通り過ぎたって柳原通りに……」

「追い掛けて行ったのだな」

「はい。そして、人違いだと帰って来て……」

「喜八の死体が見付かったのか……」

「はい。それで俺……」

弥一郎は、言葉を途切らせた。

「死体の見付かった和泉橋に走ったか……」

伝内は読んだ。

「伝内さん、まさか……」

弥一郎は、揺れる着物の向こうで女客の相手をしているおたまを窺った。

おたまは、楽しげに女客の着物を見立てていた。

「おたま、裏柳生のくノ一かもしれぬ」

伝内は、おたまを見詰めた。

「確かめます……」

弥一郎は呟いた。

「弥一郎……」

「おたまちゃんが裏柳生のくノ一かどうか、俺が確かめてみます」

弥一郎は、おたまを見詰めて喉を鳴らした。

おたまは、女客の相手をしていた。
吊るした着物が風に揺れ、女客の相手をしているおたまを隠した。

四

外濠には水鳥が遊び、幾つもの波紋が重なっていた。
黒崎兵部と二人の配下は、外濠沿いの道を赤坂御門に向かっていた。
猿若は尾行《つけ》た。
赤坂御門の次は喰違《くいちがい》門、そして四谷御門だ。
おそらく四谷の柳生藩江戸中屋敷に行く……。
猿若は読んだ。

猿若の後を行く二人の武士は、一定の距離を取って猿若に続いていた。
黒崎の影供に違いない……。
小平太は睨んだ。
影供は、既に猿若のことを黒崎を尾行している者と見定めている筈だ。

生かしておけぬ……。

小平太は、二人の影供を始末する事にした。

通りは赤坂御門の前と町家を抜け、再び外濠沿いに出た。

次は四谷御門だ。

黒崎兵部と二人の配下は、四谷御門の手前を西に曲がり、四谷大木戸の傍の柳生藩江戸中屋敷に行く筈だ。

よし……。

小平太は、先を行く二人の影供に棒手裏剣を投げた。

二人の影供の一人が首の後ろに棒手裏剣を受け、前のめりに倒れ込んだ。

残る影供が驚き、狼狽《うろた》えた。

小平太は駆け寄った。

残る影供は身構えた。

「どうされた……」

小平太は、残る影供に声を掛け、倒れた影供の傍にしゃがみ込んだ。

「えっ……」

残る影供は戸惑った。

刹那、小平太は戸惑った影供に下から苦無《くない》を突き刺した。

影供は下腹を刺され、息を呑んで眼を瞠《みは》った。

小平太は苦無で抉《えぐ》り、素早く跳び退いた。

影供は、既に斃れている仲間の上に倒れ込んだ。

四谷大木戸傍の柳生藩江戸中屋敷……。

小平太は、素早く外濠沿いの道から消えて四谷大木戸に急いだ。


四谷大木戸に続く通りには、行き交う人々の中に旅人もいた。

黒崎兵部と二人の配下は、塩町《しおちょう》三丁目にある柳生藩江戸中屋敷に入った。

猿若は、物陰から見送り、柳生藩江戸中屋敷を眺めた。

柳生藩江戸中屋敷には、裏柳生の忍びの結界が張られていた。

「裏柳生の結界か……」

小平太が現れた。

「はい。忍び込むのは難しいですね」

猿若は困惑を滲ませた。

「猿若の背後を取った黒崎の影供二人、始末して来た」

小平太は薄く笑った。

「そうでしたか……」

「そいつを知れば、黒崎や裏柳生の忍びも何らかの動きを見せるだろう」

小平太は読んだ。

「分かりました。じゃあ、見張り場所を……」

猿若は辺りを見廻し、見張り場所に適した処を探した。

「じゃあ、おじさん、ちょいと宿に忘れ物を取りに行って来ます」

おたまは、古着屋辰吉に声を掛けた。

「ああ。行っておいで……」

辰吉は、煙管を燻らせて頷いた。

おたまは、足早に柳森稲荷から出て行った。吊られた着物の後ろにいた弥一郎は、出て行くおたまを追った。

おたまは、柳原通りを横切り、岩本町《いわもとちょう》から松枝町《まつがえちょう》に向かった。

弥一郎は追った。

松枝町には、辰吉の知り合いでおたまの泊まっている商人宿がある。
おたまは、その商人宿に忘れ物を取りに行く……。
弥一郎は、そう思って追った。
おたまは、商人宿に行かずに玉池《たまいけ》稲荷の境内に入った。
どうした……。
弥一郎は戸惑った。
おたまは、忘れ物のある筈の商人宿ではなく、玉池稲荷の境内に入ったのだ。
弥一郎は、追って玉池稲荷の境内に入った。

弥一郎は、立木の傍から境内を窺った。
境内に参拝客はいなく、奥のお玉《たま》が池《いけ》の畔におたまが半纏を着た職人風の男といた。
弥一郎は見守った。
職人風の男は何者だ……。
おたまは、伝内の睨み通りに裏柳生の忍びなのか……。
弥一郎に疑念が湧いた。

半纏を着た男は、おたまと言葉を交わして玉池稲荷の境内から足早に出て行った。

おたまは、半纏の男を見送って小さな吐息を洩らした。

弥一郎は、立木の傍で見守った。

おたまは、お玉が池の畔を離れて小石を蹴った。

小石は、弥一郎の方に飛んだ。

弥一郎は、咄嗟に立木に隠れた。

小石は、立木の幹に当たった。

「あっ……」

おたまは、小さな声を上げた。

弥一郎は、立木の陰から出た。

「弥一郎さん、御免なさい……」

おたまは、慌てて詫びた。

「おたまちゃん、半纏を着た男は誰だい……」

弥一郎は訊いた。

「えっ……」

おたまは、戸惑いを浮かべた。

「一緒にいた半纏を着た男だよ」

「ああ。あの人は商人宿に泊まっているお客さんで偶々《たまたま》逢ったので……」

「そうかな。おたまちゃん……」

弥一郎は、油断なくおたまを見据えて近付いた。

「弥一郎さん……」

おたまは、哀しげに弥一郎を見た。

「おたまちゃん……」

弥一郎に迷いが過《よぎ》った。

刹那、おたまは柳生流十字手裏剣を放った。

弥一郎は、咄嗟に仰け反って躱した。

おたまは、苦無を振るった。

弥一郎は脇腹を斬られ、血を飛ばしながらも必死に跳び退こうとした。

おたまは、苦無を構えて跳び掛かった。

「止めろ。おたまちゃん……」

弥一郎は、咄嗟におたまの苦無を握る腕を押さえた。

おたまは、苦無を握る腕に力を込めた。

弥一郎は押された。

おたまの力は、若い女とは思えぬ程のものだった。

苦無は弥一郎に迫った。

「お、おたまちゃん……」

弥一郎は、狼狽《うろた》えながらも必死に押し返した。

おたまは笑った。

別人のような冷酷で残忍な笑みだった。

「お、お前は……」

弥一郎は焦った。

「冥途の土産に教えてやろう。俺は裏柳生の忍び、京弥……」

笑みを含んだおたまの声は、途中から男のものになった。

「男……」

弥一郎は愕然《がくぜん》とした。

次の瞬間、おたまこと裏柳生の忍びの京弥は、弥一郎を殴り、その胸に苦無を素早く叩き込んだ。

弥一郎は、呆然と眼を瞠った。

おたまは、弥一郎の胸から苦無を抜いて蹴り飛ばした。

弥一郎は、背後に飛ばされてお玉が池に仰向けで倒れ込んだ。

水飛沫《みずしぶき》が煌めいた。

お玉が池の水面には、呆然とした面持ちの弥一郎の死体が浮かんだ。

おたまは、弥一郎の死体に冷酷で残忍な笑みを投げ掛けて振り返った。

振り返ったおたまの顔は、いつもの明るく穏やかなものに一変していた。

おたまは微笑み、弾むような軽い足取りで玉池稲荷の境内から出て行った。


「裏柳生の忍びの京弥……」

黒崎兵部は眉をひそめた。

「はい。京弥が柳森稲荷に現れたはぐれ忍びを次々に始末しております」

筧才蔵は、冷酷な笑みを浮かべた。

「そうか。高篠藩御側役の山岡采女正が要らぬ心配をしていてな……」

黒崎は苦笑した。

「心配は御無用かと……」

筧は笑った。

「それなら良いが。それにしても京弥なる忍び、良くはぐれ忍びに気が付かれずにいるものだな」

「それはもう、京弥ですから……」

筧は、嘲りを過らせた。

「黒崎さま……」

配下の家来が、厳しい面持ちでやって来た。

「どうした……」

「黒崎さまの影供、裏柳生の二人の忍びが斃されているのが見付かりました」

配下の家来は報せた。

「裏柳生の影供が……」

黒崎は眉をひそめた。

「おのれ、はぐれ忍びの仕業か……」

筧は、怒りを露《あら》わにした。

「さあて、愛宕下から四谷の此処に来る迄の間、はぐれ忍びの気配は窺えなかったが……」

黒崎は首を捻った。

「ならば、我らの知らぬはぐれ忍びが未だいたのかもしれません」

筧は、腹立たし気な面持ちで読んだ。


小平太と猿若は、寺の本堂の屋根に忍んで柳生藩江戸中屋敷を見張っていた。

数人の家来たちが、柳生藩江戸中屋敷から慌ただしく駆け出して行った。

「小平太の兄貴……」

猿若は眉をひそめた。

「うむ。影供の死体を見付けたのだろう」

小平太は読んだ。

黒崎兵部が二人の配下を従えて現れ、来た道を戻り始めた。

「黒崎です。追いますか……」

猿若は、小平太に訊いた。

「猿若、黒崎兵部は己を餌にして俺たちを誘き出そうとしているのかもしれぬ」

小平太は睨んだ。

「ならば、下手に追わない方が良いですか」

猿若は首を捻った。

「うむ。追うというより、余計な事は一切せず、何処に行くのか見届けろ……」

小平太は命じた。

「分かりました……」

「猿若、俺は裏柳生の忍びの筧才蔵を見張る。今度は俺の後詰《ごづめ》はないぞ……」

「心得ました。じゃあ……」

猿若は、寺の本堂の屋根から身軽に跳び下り、黒崎兵部と配下たちを追った。

小平太はそれを見送り、柳生藩江戸中屋敷を引き続き見張った。

柳生藩江戸中屋敷から背の高い武士が、閉められた表門脇の潜り戸から出て来た。

背の高い武士は、周囲を鋭い眼差しで見廻した。

小平太は、咄嗟に己の気配を消した。

背の高い武士は裏柳生の忍びの者……。

小平太の勘が囁いた。

だとしたら頭の筧才蔵か……。

小平太は、背の高い武士の鋭い眼の配りや身のこなしから読んだ。

筧才蔵は、編笠《あみがさ》を目深《まぶか》に被って通りに向かった。

よし……。

小平太は、筧才蔵を尾行る事に決め、寺の本堂の屋根を下りた。


柳森稲荷の参拝客は相変わらず少なく、並ぶ露店の古道具屋の冷やかし客の方が僅かに多いようだった。

古着屋の着物の前では、辰吉とおたまが客の相手をしていた。

古着屋の吊るされた着物の後ろには、左近と森口伝内がいた。

「弥一郎が姿を消した……」

左近は眉をひそめた。

「うむ。昼頃迄は此処にいたが、いつの間にかいなくなっていたそうだ」

伝内は、揺れる着物の向こうにいるおたまや辰吉、客たちを眺めた。

「家にはいないのか……」

「うむ。家にはいなく、馴染の飯屋にも行っていない……」

「そうか……」

左近は、厳しい面持ちで頷いた。

「どう思う……」

伝内は、左近に縋る眼差しを向けた。

「弥一郎、既に裏柳生の忍びに斃されたようだな」

左近は、冷徹に睨んだ。

「やはり、そう思うか……」

伝内は、顔を歪めた。

「うむ。して、弥一郎を斃した裏柳生の忍び、心当たりあるのか……」

「らしい者はな……」

伝内は、吐息を洩らした。

「よし。弥一郎が斃されたのは、おそらく此の界隈《かいわい》、急ぎ調べてみる。おぬしはその、らしい者を見張ってくれ」

左近は告げた。

「心得た……」

「ではな……」

弥一郎の死体が見付かっていれば、近くの町の木戸番に訊けば分かる筈だ。

左近は、柳森稲荷前の空き地から足早に立ち去った。

伝内は、吊り下げられた着物の向こうに見えるおたまを窺った。
おたまは、楽しげに客の相手をしていた。
左近は、岩本町の木戸番から聞き、玉池稲荷に急いだ。
お玉が池に男の死体が浮かんだ……。
玉池稲荷では、下っ引や人足たちがお玉が池に入り、男の死体を引き上げていた。
左近は、野次馬と共に引き上げられた男の死体の顔を見た。
弥一郎だ……。
左近は、お玉が池に浮かんでいた死体の男が弥一郎だと見定めた。
やはり、弥一郎は殺されていた。
殺したのは裏柳生の忍び……。
左近は読んだ。
弥一郎の次は森口伝内……。
左近は、弥一郎を斃した裏柳生の忍びの動きを睨んだ。

森口伝内は、おたまを見張っていた。

おたまは、古着を買った客を見送り、吊るされた着物の後ろにいる伝内に気が付き、微笑みながら会釈をした。

伝内は、嘲りの一瞥《いちべつ》をおたまに与え、柳森稲荷の裏の河原に向かった。

おたまは、微笑みを消した。

伝内の嘲りの一瞥が気になった。

おたまは、伝内を追って河原に向かった。


神田川を行き交う船は、櫓《ろ》の軋《きし》みを響かせていた。

おたまは、柳森稲荷裏の河原に佇み、辺りを見廻した。

風を切る音が鳴った。

刹那、おたまは跳んで躱した。

手裏剣がおたまがいた処を飛び抜け、川原石に当たって弾け飛んだ。

おたまは着地し、手裏剣の飛んで来た方を見据えて身構えた。

「やはり、裏柳生の忍びだったか……」

森口伝内が現れた。

「はぐれ忍びの森口伝内……」

おたまは微笑んだ。

「おたま、弥一郎を殺したな……」

「ええ。私ははぐれ忍びを始末するのが役目。役目を果たした迄ですよ……」

おたまは、嘲りを浮かべた。

「おのれ。女だからと申して容赦はせぬ」

伝内は、腰から忍び鎌を抜いて刃を出した。

おたまは跳び退き、柳生流十字手裏剣を伝内に放った。

伝内は、忍び鎌を振るって十字手裏剣を叩き落として一気に迫り、おたまに斬り掛かった。

おたまは、真っ直ぐに上に跳んで伝内の斬り込みを躱し、その後頭部を蹴った。

伝内は、後頭部を蹴られてよろめいた。

おたまは、伝内の背後に跳び下り、その背に苦無を叩き込んだ。

「お、おのれ……」

伝内は仰け反った。

「死ね……」

おたまは微笑んだ。

「お、おのれ……」

伝内は、必死におたまの苦無から逃れ、前のめりに倒れ込んだ。

「此れ迄だ……」

おたまは、倒れた伝内に苦無を振り翳《かざ》した。

刹那、鋭い殺気がおたまを襲った。

おたまは、咄嗟に跳び退いて振り返った。

左近が現れた。

「やはり、お前か……」

左近は、おたまを厳しく見据えた。

おたまは身構えた。

左近は、おたまに近付きながら無明刀を抜き払った。

凄まじい殺気がおたまに押し寄せた。

おたまは後退《あとずさ》りし、身を翻して逃げた。

左近は、無明刀を鞘に納め、倒れている伝内に駆け寄った。

「大丈夫か……」

「おたまが、おたまが弥一郎を……」

伝内は、苦しく息を鳴らした。

「うむ。弥一郎はお玉が池に浮かんだ」

左近は告げた。

「そうか……」

伝内は、苦しく顔を歪めた。

「とにかく傷の手当てだ……」

左近は、伝内を抱え起こして背負った。

「済まぬ……」

伝内は詫びた。

「黙っていろ……」

左近は、伝内を背負って柳森稲荷に向かった。

神田川を行く舟の櫓《ろ》は、軋みを甲高く響かせた。

第三章　生ける屍

一

風が吹き抜け、外濠に小波《さざなみ》が走った。
筧才蔵は、編笠を目深に被って外濠沿いの道を市谷《いちがや》御門に向かった。
相手は裏柳生の忍びの頭であり、配下の忍びが姿を隠して護りに付いている筈だ。
小平太は、充分な距離を取って慎重に尾行《つけ》た。
筧才蔵は、市谷御門から牛込《うしごめ》御門、そして小石川《こいしかわ》御門に進んだ。
何処《どこ》に行く……。
小平太は、筧才蔵の行き先を読んだ。

ひょっとしたら、柳森稲荷かもしれない。

小平太は睨んだ。

筧才蔵は、小石川御門の北詰を過ぎて尚も進んだ。そして、水道《すいどう》橋の袂を通って昌平《しょうへい》橋を南に渡った。

神田川に架かっている昌平橋には、多くの人が行き交っていた。

昌平橋を南に渡る筧才蔵は、神田八つ小路から来た若い女と擦れ違った。

小平太は、尾行ようとして戸惑った。

筧才蔵が踵《きびす》を返し、渡った昌平橋を戻ったのだ。

どうした……。

小平太は、戸惑いながらも筧才蔵を尾行た。

筧才蔵は、昌平橋を渡って明神下の通りに進んだ。

小平太は、筧才蔵の前に昌平橋で擦れ違った若い女がいるのに気が付いた。

筧才蔵は、若い女の後を進んでいるのだ。

知り合いなのか……。

小平太は尾行た。

若い女は、神田明神に進んだ。

　寛才蔵は続いた。
　小平太は尾行た。
　神田明神の境内は参拝客で賑わっていた。
　寛才蔵は、境内に入って片隅の茶店に向かった。
　茶店の縁台には若い女が腰掛け、亭主に茶を頼んでいた。
「亭主、私にも茶を頼む……」
　寛才蔵は、茶店の亭主に茶を頼み、若い女の隣に腰掛けた。
　やはり、知り合いなのだ……。
　小平太は、物陰から寛才蔵と若い女を見守った。
　寛才蔵と若い女は、言葉を交わさず境内を行き交う参拝客を眺めていた。
「お待たせしました」
　茶店の亭主が、寛才蔵と若い女に茶を持って来た。
　寛才蔵と若い女は、茶を飲み始めた。
　茶を飲む振りをして口元を隠し、寛才蔵と若い女は言葉を交わし始めた。
　小平太は気が付き、湯呑茶碗を持つ手の奥に僅かに見える口元を懸命に読んだ。

きょうや……。

はぐれ忍び……。

凄まじい殺気の忍び……。

小平太は、筧才蔵と若い女の僅かに見える唇を読み、交わす言葉の欠片《かけら》を知った。

「きょうや」とは誰の名前なのか……。

はぐれ忍びがどうかしたのか……。

そして、凄まじい殺気の忍びとは誰の事なのか……。

小平太は、二人の交わす言葉を尚も読もうとした。だが、若い女は、筧才蔵に何かを云われ、先に茶店を出た。

筧才蔵は、神田明神から出て行く若い女を見送った。

見送る視線は、若い女を尾行る者がいるかどうかを見定めようとしていた。

油断はない……。

小平太は、若い女を尾行るのを思い止まり、そのまま筧才蔵を追う事にした。

筧才蔵は、若い女を尾行て行く者がいないのを見定め、茶店を出た。

小平太は、再び筧才蔵を慎重に尾行た。

西に大きく傾いた陽は、柳原通りを両国に向かう者の影を前に長く伸ばしていた。
寛才蔵は、柳原通りを両国に進んだ。
柳森稲荷に行くのか……。
小平太は読んだ。
寛才蔵は、小平太の睨み通りに柳森稲荷に入った。
小平太は、柳森稲荷の鳥居前の空き地を窺《うかが》った。
七味唐辛子売り、古道具屋、古着屋が商売をし、参拝を終えた客が冷やかしていた。
寛才蔵は、柳森稲荷の本殿に手を合わせて鳥居の傍から空き地に並ぶ露店を眺めた。
京弥は、何人ものはぐれ忍びを斃して来た。
その京弥が思わず怯《ひる》んだ凄まじい殺気の忍びの者……。
寛才蔵は読んだ。

凄まじい忍びの者は、おそらくかつて裏柳生を叩き伏せた日暮左近……。
箟才蔵は睨んだ。

忍びの者がいる気配はない……。
小平太は、柳森稲荷と露店の並ぶ空き地に忍びの者はいないと見定めた。
箟才蔵もそう見定めたのか、柳森稲荷の鳥居の傍に寄った。
小平太は見守った。
箟才蔵の傍を職人が通り、柳森稲荷の本殿に向かった。
頷いた……。
小平太は、職人が箟才蔵の前を通る時に小さく頷いたのに気が付いた。
配下の裏柳生の忍びか……。
小平太は眉をひそめた。
頷いた職人は、本殿に手を合わせずに柳森稲荷から出て行った。
箟才蔵は、露店と冷やかし客を眺め、小さな笑みを浮かべて柳森稲荷を出た。
箟才蔵を追うか、裏柳生の忍びの配下の職人を捜すか……。
小平太は迷った。

「筧才蔵を追え……」

左近の囁く声がした。

小平太は振り返った。

塗笠を目深に被った左近が、柳森稲荷の入口にいた。

「裏柳生の忍びは引き受けた……」

左近の囁きが続いた。

「承知……」

小平太は、柳原通りを神田八つ小路に向かう筧才蔵を追った。

左近は見送り、柳原稲荷前の空き地に入った。そして、七味唐辛子売り、古道具屋、古着屋の前を通り、店を閉めている嘉平の飲み屋を眺めた。

背後を参拝客や冷やかし客が行き交った。

左近は、飲み屋の奥の河原に向かった。


夕陽は神田川の流れに揺れていた。

左近は、河原に立ち止まって振り返った。

職人を始めとした数人の男がいた。

「はぐれ忍びか……」

職人が尋ねた。

「裏柳生の忍びの者か……」

左近は笑い掛けた。

「柳森稲荷の嘉平は何処にいる……」

「教えると思うか……」

左近は、嘲りの一瞥を与えた。

「おのれ……」

職人は、印半纏《しるしばんてん》を脱ぎ棄てて忍び装束になって身構えた。

数人の男たちは、一斉に裏柳生の忍び装束になり、左近を取り囲んだ。

「お前たちが秘かに斃したはぐれ忍びに代わって恨みを晴らす」

左近は云い放った。

裏柳生の忍びの者は、一斉に柳生流十字手裏剣を投げた。

左近は、夕暮れの空高くに飛び、裏柳生の忍びの者に棒手裏剣を放った。

裏柳生の忍びの者は、咄嗟に散って躱《かわ》した。

左近は、散った裏柳生の忍びの一人に向かって跳び降りながら無明刀を抜き打ちに斬り下げた。

裏柳生の忍びは、咄嗟に忍び刀で無明刀を受けようとした。

甲高い音が鳴り、血が噴き上がった。

左近は、着地して身構えた。

裏柳生の忍びの者は、刀身を両断された刀の柄《つか》を握り、斬られた額から血を流して棒のように斃れた。

裏柳生の忍びの者は怯んだ。

左近は、無明刀の鋒から血の雫《しずく》を滴らせて裏柳生の忍びに笑い掛けた。

職人が、猛然と左近に斬り掛かった。

無明刀が横薙《な》ぎに一閃された。

職人は、喉元を斬られて仰け反った。

左近は、返す刀を真っ向から斬り下げた。

職人は、叩き潰されるように崩れた。

残る裏柳生の忍びの者たちは、必死の面持ちで左近に殺到した。

左近は、斃した職人の刀を投げた。

刀は唸りを上げて飛び、先頭の忍びの者の首を貫いた。

凄まじい程の腕の冴えだった。

残る裏柳生は怯み、後退りした。

左近は、怯んだ裏柳生の忍びに逃げる間を与えず、襲い掛かった。

無明刀は、縦横に閃光を放った。

裏柳生の忍びの者は、次々に斃れた。

左近は夕陽を浴び、修羅《しゅら》の如く闘った。

夕陽は沈み、神田川の河原は大禍時《おおまがとき》に覆われた。


御厩河岸に舫われた屋根船は、大川の流れに小さく揺れていた。

「それで、伝内は……」

嘉平は、老顔を心配そうに歪めた。

「背中を刺されたが、命に別状はない……」

左近は告げた。

「そいつは良かった」

嘉平は、安堵を過らせた。

「うむ……」

「で、弥一郎を殺し、伝内を倒したのは古着屋の辰吉っつあんを手伝っていたおたまか……」

「どうやら、裏柳生のくノ一のようだ」

左近は睨んだ。

「くノ一か……」

「うむ。して、武蔵国高篠藩藩主安藤下野守元信に恨みを買った理由、分かったのか……」

左近は尋ねた。

「ああ。漸《ようや》くな。飛猿《とびざる》……」

嘉平は、障子の外に声を掛けた。

「うむ……」

障子に男の影が映った。

「入ってくれ……」

「邪魔をする……」

初老の男が入って来た。

「はぐれ忍びの飛猿……」

初老の男は、左近に名乗った。

「日暮左近だ……」

左近は頷いた。

「飛猿、覚えている事を話してくれ」

嘉平は促した。

「うむ。五年前、或る大名家が身に覚えのない抜け荷の疑いを掛けられてな。その大名家は身の潔白を証明すると共に、何者が疑いを掛けて来たのかを突き止めてくれと、はぐれ忍びに依頼した……」

「それで、はぐれ忍びは動いたか……」

「うむ。俺とはぐれ忍びの文平《ぶんぺい》の二人が探索をしたところ、抜け荷の疑いを掛けられた大名家が公儀老中に就任するのではと噂されており、もう一人の大名と座を争っているのを突き止めた」

「その老中の座を争っていた大名が、武蔵国高篠藩藩主の安藤下野守元信か……」

左近は苦笑した。

「うむ。安藤元信は老中になりたいが為、座を争っている大名を蹴落とそうと、根も葉もない噂を流して足を引っ張ろうとしたのが分かってな。俺と文平は、その証拠を依頼主の大名に渡して、はぐれ忍びの仕事を終えた……」

「して、安藤元信はどうなった……」

「聞くところによると、証拠は依頼した大名から公儀に差し出されて安藤元信は厳しく叱責《しっせき》され、恥辱に塗れて身を退いたそうだ」

飛猿は話し終えた。

「そして、漸く老中の座に就き、五年前の恥辱の元となったはぐれ忍びへの憎しみを募らせて皆殺しを企て、柳生に何らかの餌を示して命じたか……」

左近は読んだ。

「どうやら、そのようだ……」

嘉平は頷いた。

「それにしても安藤元信、恐ろしい程に執念深い奴だな」

飛猿は苦笑した。

「うむ。だが、此《こ》れ以上、はぐれ忍びを殺させる訳にはいかぬ」

嘉平は、厳しい面持ちで告げた。

「ならば、こっちも仕掛けるか……」

飛猿は楽しそうに訊いた。

「うむ。裏柳生忍びの者共にはぐれ忍びの恐ろしさ、思い知らせてくれる」

嘉平は、冷ややかな笑みを浮かべた。

「裏柳生忍びの頭、筧才蔵は柳森稲荷を見張らせた配下を始末され、攻撃を強める筈だ」

左近は睨んだ。

「よし。飛猿、返り討ちにする手筈を整える。はぐれ忍びに触れを廻せ……」

嘉平は告げた。

「そいつは面白い。やるか……」

飛猿は、張り切って頷いた。

左近は苦笑した。


夜の潮騒は静かに響いていた。

鉄砲洲波除稲荷傍の巴屋の寮には、明かりが灯されていた。

「そうか。筧才蔵、四谷の柳生藩江戸中屋敷に帰ったか……」

左近は頷いた。

「はい。して、配下の者は……」

小平太は訊いた。

「柳森稲荷の裏の河原で始末した」

左近は告げた。

「始末……」

「うむ。して小平太。筧才蔵と別れた若い女はどうした」

「中屋敷に出入りするのは見掛けませんでしたが、おそらく屋敷内にいるものと思われますが、あの若い女が何か……」

小平太は尋ねた。

「うむ。おたまと名乗る裏柳生の忍びの筈だ」

左近は告げた。

「おたま……」

小平太は眉をひそめた。

「うむ。どうかしたのか……」

「はい。筧才蔵、若い女を京弥と呼んでいたような……」

「京弥……」

左近は眉をひそめた。

「ええ……」

「そいつが、おたまの本名なのかもしれぬな」

「はい……」

小平太は頷いた。

「して猿若、黒崎兵部はどうした」

「はい。四谷から真っ直ぐ増上寺裏門前の江戸上屋敷に帰りました」

猿若は告げた。

「そうか。高篠藩の側役山岡采女正とは逢わなかったか……」

「はい……」

猿若は頷いた。

「して左近さま、高篠藩が裏柳生にはぐれ忍びの皆殺しを命じた理由、分かったのですか」

小平太は訊いた。

「うん。高篠藩の殿さま、老中の安藤下野守元信は五年前……」

左近は、小平太と猿若にはぐれ忍びの飛猿に訊いた理由を語り始めた。

潮騒が響き、刻は過ぎた。

左近は、語り終えた。

「それで、はぐれ忍びを恨み、皆殺しを……」

猿若は、恐ろしそうに顔を歪めた。

「権力を欲しがる者に情け容赦はない……」

小平太は、薄く笑った。

「ですが……」

「猿若、小平太の云う通りだ」

「して左近さま……」

小平太は、左近の指示を仰いだ。

「うむ。筧才蔵のはぐれ忍び攻撃は激しくなり、はぐれ忍びの嘉平たちは、返り討ちにする仕度を始めている。小平太は柳生藩江戸中屋敷を見張り、筧才蔵や若い女の動きを嘉平に報せてやれ……」

「心得ました」

「猿若は引き続き、黒崎兵部をな……」

「はい……」

「俺は高篠藩の安藤元信を闇に葬る手立てを探す……」

「左近さま……」

「禍《わざわい》は根元を断つのが上策……」

左近は、笑みを浮かべて不敵に云い放った。

二

燭台の明かりは瞬いた。

「何、柳森稲荷に残した者共が消えた……」

覚才蔵は眉をひそめた。

「はい。一人残らず……」

若い武士は告げた。

「おのれ……」

「おそらく日暮左近の仕業……」

若い武士は、おたまこと京弥だった。

「日暮左近か……」

「はい……」

京弥は頷いた。

「おのれ、日暮左近。京弥、はぐれ忍びも最早《もはや》黙ってはいないだろう」

筧才蔵は読んだ。

「ならば……」

「うむ……」

筧才蔵は、厳しい面持ちで京弥に頷いて見せた。

寺の本堂からは、住職の読む朝の勤行《ごんぎょう》の経が朗々と響いていた。

小平太は、寺の本堂の屋根に忍び、隣の柳生藩江戸中屋敷を見張った。

柳生藩江戸中屋敷には、裏柳生忍びの結界が張られていた。

柳生藩江戸中屋敷から若い女が現れた。

昨日の女、おたまだ……。

小平太は気が付いた。

おたまは、鋭い眼差しで辺りを窺い、不審な者はいないと見定め、四谷大木戸に続く通りに向かった。

よし……。

小平太は、寺の本堂の屋根を下りておたまを追った。

住職の読経《どきょう》は続いた。

おたまは、通りを外濠に架かっている四谷御門に進んだ。

小平太は、周囲に気を配りながらおたまを追った。

刻が僅かに過ぎた。

柳生藩江戸中屋敷から筧才蔵が現れた。

筧才蔵は、増上寺裏門前の柳生藩江戸上屋敷に向かった。

外濠沿いの道に行き交う人は少なかった。

おたまは、四谷御門から市谷御門へ足早に進んだ。

小平太は尾行た。

おたまの周囲には、十人の裏柳生の忍びの者が影のように付き従っていた。

おたまたちの行き先は柳森稲荷か……。

小平太は読んだ。

おそらく、左近に配下の忍びを始末された報復に行くのだ。

市谷御門から牛込御門、そして小石川御門……。

おたまは進んだ。

柳森稲荷に行き、おたまを餌にしてはぐれ忍びを誘き出し、殺そうとしているのに間違いない。

小平太は見定めた。

よし。嘉平の父っつあんに報せる……。

小平太は、おたまと配下の忍びの尾行を止め、嘉平たちはぐれ忍びに報せに先廻りする事に決めた。そして、裏通りに入り、裏路地と連なる家並の屋根を走った。

筧才蔵は、愛宕下増上寺裏門前の柳生藩江戸上屋敷に赴いた。

猿若は、増上寺学寮の屋根に忍び、筧才蔵が柳生藩江戸上屋敷に入って行くのを見定めた。

総目付の黒崎兵部に逢いに来たのか……。

それにしても、見張っている筈の小平太の兄貴はどうしたのだ。

筧才蔵を見張っていないなら、おたまという女を追ったのかもしれない。

猿若は読み、筧才蔵が黒崎兵部と逢っている筈の柳生藩江戸上屋敷を見詰めた。


麻布宮下町にある武蔵国高篠藩江戸上屋敷は静寂に満ちていた。

左近は、隣の大名屋敷の屋根に忍んで高篠藩江戸上屋敷を見張っていた。

老中である藩主の安藤下野守元信は、巳《み》の刻四つ（午前十時）に登城する。そして、他の四人の老中と政《まつりごと》や評議などの仕事をし、未《ひつじ》の刻八つ（午後二時）に下城する。

今は巳の刻四つ半（午前十一時）過ぎであり、藩主である安藤下野守元信は江戸上屋敷を留守にしている。

主が留守にしている屋敷の警戒は手薄だ。

左近は見定めた。

表門脇の潜り戸が開き、初老の武士が供侍を従えて出て来た。

山岡采女正……。

左近は、初老の武士が側役の山岡采女正だと見定めた。

山岡采女正は、供侍を従えて古川に架かっている一ノ橋に向かった。

よし……。

左近は、大名屋敷の屋根を下りて山岡采女正と供侍を追った。

柳森稲荷に参拝客は少なく、露店を冷やかす客もいなかった。

小平太は、空き地の奥にある嘉平の飲み屋の前に佇み、辺りを見廻した。

「秩父の小平太か……」

嘉平の嗄《しやが》れ声が、閉められた飲み屋から聞こえた。

小平太は頷いて見せた。

「裏の河原の桜だ……」

嘉平の嗄れ声がした。

小平太は頷き、飲み屋の裏に続く神田川の河原に向かった。

河原には一本の桜の古木があった。

小平太は、桜の古木に近付き、緑の葉を揺らしている枝を見上げ、周囲を窺った。

「暫《しばら》くだな……」

小平太は、背後からの声に振り返った。

嘉平が、老顔を綻《ほころ》ばせていた。

「嘉平の親父さん……」

小平太は、嘉平が飲み屋の陰に忍んでいたのに気が付いた。

「良く来たな。で、どうした」

「はい。裏柳生の忍びの者共が、おたまなる若い女と一緒に来ます」

「おたまと裏柳生の忍びの者共……」

嘉平は眉をひそめた。

「はい。ひょっとしたら、おたまを餌にしてはぐれ忍びを誘き出す魂胆《こんたん》かも……」

小平太は報せた。

「誘き出すか……」

「はい……」

「面白い。ならば、こっちから仕掛けてやるか……」

嘉平は、老顔の皺を深くして笑った。

柳原通りには多くの人が行き交っていた。

おたまは、辺りを窺いながら柳森稲荷前の空き地に入った。

職人、お店者、人足、浪人などが続いた。


古着屋の辰吉に逢えば、面倒になる……。

おたまは、柳森稲荷の鳥居の陰に潜んだ。

七味唐辛子売り、古道具屋、古着屋が連なり、その奥で嘉平が飲み屋の葦簀などの片付けをしていた。

嘉平か……。

おたまは、嘉平がいるのに気が付いた。そして、古着屋の辰吉が筵《むしろ》に座って居眠りをしているのを見定め、奥の飲み屋に近付いた。

嘉平は、飲み屋の後ろに廻って行った。

おたまは、嘉平に続いて飲み屋の後ろに廻った。

おたまは、飲み屋の後ろに廻って来た。

飲み屋の後ろの河原には、誰もいなかった。

おたまは戸惑った。
職人、お店者《たなもの》、人足、浪人たちが、おたまに続いて飲み屋の後ろに廻って来た。
刹那《せつな》、様々な手裏剣が唸りを上げて飛来した。
おたまは、咄嗟に地に伏せた。
職人とお店者の二人が、胸に手裏剣を受けて倒れた。
様々な忍び装束のはぐれ忍びが、河原に浮かぶように現れた。
裏柳生の忍びの者たちは、おたまを取り囲む陣形を素早く組んだ。
「良く来たな。おたま……」
嘉平が笑みを浮かべ、小平太や飛猿と共に現れた。
「おのれ……」
おたまは、嘉平たちはぐれ忍びが待ち構えていたのを知り、悔しさを滲《にじ》ませた。
「今迄に斃された弥一郎たちはぐれ忍びの恨みを晴らすよ」
嘉平は笑った。
次の瞬間、飛猿が炸裂玉《さくれつだま》を投げた。
裏柳生の忍びの者たちは、咄嗟に散って伏せた。
同時にはぐれ忍びたちは、得意の得物《えもの》を振るって襲い掛かった。

炸裂玉は爆発しない偽物《にせもの》だった。

裏柳生の忍びの者たちは気が付き、慌てて立ち上がって身構えようとした。

はぐれ忍びたちは、それを許さずに猛然と攻撃した。

飛猿は、千鳥鉄《ちどりがね》の分銅《ふんどう》で裏柳生の忍びの者の一人を叩き伏せた。

裏柳生の忍びの者は、血反吐《ちへど》を吐いて潰れた。

はぐれ忍びの者たちは、手斧《ておの》、忍び刀、忍び鎌、鉄拳、微塵《みじん》、苦無など、それぞれの得物を縦横に操り、裏柳生の忍びの者を次々に倒した。

気合を洩らさず、悲鳴もあげず……。

はぐれ忍びと裏柳生の忍びは、風を斬る音と息の音が鳴るほかは沈黙の殺し合いを続けた。

はぐれ忍びは、忍びの各流派の抜け忍として追われ、必死に闘い、斬り抜けて来た者たちだ。

はぐれ忍びたちは、助け合い、補い合って巧妙に闘った。そこには、仲間を殺され、皆殺しの獲物にされた怒りが秘められている。

はぐれ忍びは闘った。

裏柳生の忍びの者たちは、次々に倒された。

小平太は、はぐれ忍びの生き残る力の強靭《きょうじん》さを知った。

待ち構えられ、偽の炸裂玉に誑《たぶら》かされて先手を取られた裏柳生の忍びは、陣形を崩されたまま個々に殲滅《せんめつ》されていた。

嘉平は、嗄れ声で楽しそうに笑った。

おたまは、はぐれ忍びの攻撃を躱《かわ》し、河原を神田川の流れに走った。

小平太は気が付き、追った。

おたまは、振り返り様《ざま》に柳生流十字手裏剣を小平太に放った。

小平太は、飛んで躱して棒手裏剣を投げた。

次の瞬間、おたまは着物を大きく脱ぎ廻して棒手裏剣を絡め落とし、神田川に飛び込んだ。

しまった……。

小平太は、神田川の流れにおたまを捜した。

しかし、おたまの姿は既に何処にも見えなかった。

逃げられた……。

小平太は、大きな吐息を洩らした。

闘いは、はぐれ忍びの勝利に終わった。

はぐれ忍びの者たちは、傷付いた忍びの者を手当てに連れ去り、斃れた者たちの始末をして立ち去った。

嘉平は、闘いの痕跡を丁寧に消していた。

「嘉平の親父さん……」

小平太は、嘉平の許に戻った。

「おお。御苦労さん……」

嘉平は、小平太を笑顔で迎えた。

「おたまに逃げられました」

小平太は、恥ずかしさと悔しさを交錯させて告げた。

「そうか。ま、良いじゃあないか。逃げる奴がいなければ、はぐれ忍びの恐ろしさを世間に伝えられねえからな……」

嘉平は笑った。

「親父さん……」

小平太は、はぐれ忍びの得体の知れぬ凄味を感じた。

高篠藩側役の山岡采女正は、供侍を従えて柳生藩江戸上屋敷を訪れた。

柳生藩総目付の黒崎兵部に逢いに来た……。

左近は見届けた。

横手にある増上寺学寮の屋根には、猿若が忍んでいる筈だ。

左近は、増上寺裏門に続く土塀から学寮の屋根に跳んだ。


増上寺学寮の屋根には、猿若が忍んでいた。

「左近さま……」

猿若は、屋根の峰の陰から現れた。

「おう……」

「今来た武士は……」

猿若は尋ねた。

「高篠藩側役の山岡采女正だ」

「高篠藩の山岡采女正……」

猿若は眉をひそめた。

「うむ。安藤下野守元信と柳生の黒崎兵部を繋ぐ者だ」

「そうですか……」

「して、黒崎兵部は……」

「さっき、裏柳生の忍びの筧才蔵が来ましてね。逢っている筈です」

「筧才蔵が……」

「はい。でも、小平太の兄貴は追って来ませんでした」

「ならば、筧より先におたまが動き、小平太は追ったのだろう」

左近は読んだ。

「やっぱり……」

猿若は頷いた。

左近は、柳生藩江戸上屋敷を眺めた。

柳生藩江戸上屋敷には、裏柳生の忍びの結界こそ張られていないが、警戒は厳しかった。

「下手に忍び込めませんね」

猿若は、微かな苛立ちを見せた。

「うむ。流石《さすが》は柳生だ」

左近は苦笑した。

僅かな刻が過ぎた。

柳生藩江戸上屋敷から筧才蔵が現れた。

左近と猿若は、身を潜めて見守った。

筧才蔵は、辺りに不審な者がいないと見定め、潜り戸の中に頷いて見せた。

高篠藩の山岡采女正と供侍が、潜り戸から出て来た。

筧才蔵は、山岡采女正たちと増上寺裏門前を青松寺に向かった。

「どうします」

猿若は、左近の指示を仰いだ。

「追う。一緒に来い……」

「はい……」

猿若は、見張りに飽きていたのか、嬉しげに頷いた。

左近は、増上寺学寮の屋根から跳び下りた。

猿若は続いた。


小平太は、嘉平と別れて四谷の柳生藩江戸中屋敷に戻った。

柳生藩江戸中屋敷は、裏柳生の忍びの結界がいつも通りに張られていた。

おたまは既に戻っているのか……。

裏柳生忍びの頭の筧才蔵は、おたまのはぐれ忍び襲撃の失敗を知ってどう出るか……。

小平太は、隣の寺の本堂の屋根に上がって再び見張りに就いた。

僅かな刻が過ぎた。

菅笠に頰被りの小柄な人足が足早にやって来て、柳生藩江戸中屋敷の裏門に廻って行った。

裏柳生忍びの生き残りか……。

小平太は睨んだ。

柳生藩江戸中屋敷の裏柳生忍びの結界が動き、一段と厳しく張られた。

人足が戻ってから結界は厳しくなった。

小平太は気が付いた。

となると、小柄な人足は、神田川に逃げたおたまだったのかもしれない。

小平太は読んだ。

おたまの報せにより、裏柳生の忍びはどう出るのか……。

小平太は、緊張を滲ませて見張りを続けた。

麻布の高篠藩江戸上屋敷は、藩主安藤元信が下城して緊張感が漂っていた。

側役山岡采女正は、裏柳生忍びの頭の筧才蔵や供侍と帰って来た。

筧才蔵は何しに来たのだ……。

左近は読んだ。

筧才蔵は、表門の前に佇んで高篠藩江戸上屋敷を見廻した。

左近と猿若は、物陰から見守った。

「左近さま……」

猿若は、怪訝《けげん》な面持ちで左近を窺った。

「山岡采女正、おそらく裏柳生の忍びに結界を張らせて護りを固めるつもりだ」

左近は、筧才蔵と江戸上屋敷に入って行く山岡采女正の腹の内を読んだ。

「裏柳生の忍びの結界ですか……」

猿若は緊張した。

「うむ……」

裏柳生の忍びに結界が張られれば、忍び込むのも安藤元信の首を獲るのも面倒になる。

仕掛ける……。

左近は決めた。

「よし、猿若、俺は裏柳生が結界を張る前に高篠藩江戸上屋敷に忍ぶ。お前は引き続き此処《ここ》を見張っていろ」

左近は命じた。

「心得ました」

猿若は、喉を鳴らして頷いた。

「では な……」

左近は、高篠藩江戸上屋敷の裏手に廻って行った。

猿若は見送り、隣の寺の本堂の屋根に跳んだ。


高篠藩江戸上屋敷の裏手の警戒は緩《ゆる》かった。

裏柳生忍びの結界は、おそらく夜迄には張られるだろう。

結界が張られれば、はぐれ忍び皆殺しの元凶である高篠藩藩主の安藤元信を闇に葬るのは面倒になるだけだ。

左近は、高篠藩江戸上屋敷の裏手の長屋門の屋根に跳び、屋敷内の警戒を見定めた。

今のところ、屋敷内の警戒は家臣たちによる見張り番と見廻り組だけだ。

左近は、見張り番の家来たちが眼を離した隙《すき》を突き、長屋門の屋根から跳び下りて物陰に隠れた。そして、見張り組が通り過ぎるのを見定め、奥御殿を囲っている内土塀に駆け寄り、跳び越えた。

内土塀の内側は、築山《つきやま》や池のある奥庭だった。

奥庭の先には奥御殿があり、老中で藩主の安藤下野守元信の居室や寝間がある筈だ。

左近は、座敷の連なる奥御殿を窺った。

奥御殿には、藩主安藤元信はいないらしく長閑な気配が漂っていた。

安藤元信は、表御殿の御座の間で側役の山岡采女正と逢っているのかもしれない。

左近は読み、奥庭を囲む庭木と植え込み伝いに奥御殿に近付いた。そして、誰もいない座敷に忍び込み、素早く姿を消した。

柳生藩江戸中屋敷に小者が駆け込んだ。
どうした……。
小平太は、隣の寺の本堂の屋根から見守った。
僅かな刻が過ぎた。
中屋敷の裏門から十人の托鉢《たくはつ》坊主が現れ、隊列を組んで四谷御門に進んだ。
裏柳生忍びの者だ……。
小平太の勘が囁いた。
何処に行く……。
小平太は追う事に決め、寺の本堂の屋根を下りようとした。
再び裏門が開き、新たな十人の托鉢坊主が出て来た。
何だ……。
小平太は戸惑った。
新たな十人の托鉢坊主は、二列に並んでやはり四谷御門に向かった。
先に行った托鉢坊主たちと、後から行く托鉢たちは同じ処に行くのか……。
もし、そうだとしたら何しに行くのか……。

小平太は読んだ。

とにかく、行き先を見届けるしかない……。

小平太は、結論の出ないまま寺の本堂の屋根を下り、新たな十人の托鉢坊主を追った。

三

高篠藩江戸上屋敷の表御殿の御座の間では、老中で藩主の安藤元信が側役の山岡采女正と裏柳生忍び頭の筧才蔵に逢っていた。

「そうか。はぐれ忍びの者共、下郎の分際で抗《あらが》い始めたか……」

安藤元信は、顔を歪めて侮りと蔑《さげす》みを露《あら》わにした。

「はい。もっとも今頃は我が裏柳生の者共がはぐれ忍びを見付け次第、葬っている筈にございます」

筧才蔵は、おたまたち裏柳生忍びの動きを告げた。

「そうか。それは重畳《ちょうじょう》……」

安藤元信は嘲笑を浮かべた。

「殿、それ故、はぐれ忍びは裏柳生の忍びが誰の頼みで働いているかを探索し、背後にいる殿を突き止めようとし始めたようです」

山岡は、眉間に皺を寄せた。

「おのれ、はぐれ忍び……」

安藤元信は、傲慢《ごうまん》さを過《よぎ》らせた。

「そこで殿、はぐれ忍びが殿に気が付き、最後の抗いとして上屋敷を襲うかもしれませぬ」

山岡は、厳しい面持ちで告げた。

「おのれ。どうする、山岡……」

安藤元信は、傲慢さの中に微かな怯《おび》えを過らせた。

「はい。今夜から当上屋敷に裏柳生忍びの結界を張り、警戒を厳しくしようかと……」

山岡は告げた。

「おお、そうか。筧、宜しく頼むぞ」

安藤元信は安堵し、鷹揚《おうよう》に頷いた。

「ははっ。お任せを……」

「よし。ならば山岡、後を頼む……」

「ははっ……」

山岡と筧才蔵は平伏《へいふく》した。

安藤元信は、小姓《こしょう》や近習を従えて御座の間から出て行った。

「ならば、筧どの……」

「はい。既に裏柳生の忍び、此方《こちら》に向かっている筈。到着次第、結界を張らせましょう」

筧才蔵は、自信に満ちた笑みを浮かべた。

天井裏に忍んだ左近は、聞き筒を天井板に当てて御座の間の遣り取りを聞き取った。

読み通りだ……。

左近は、山岡采女正と筧才蔵が御座の間を出るのを見届け、薄暗い天井裏から出た。

裏柳生の忍びが来れば、表御殿と奥御殿の天井裏には鳴子が縦横に張り巡らされ、撒《ま》き菱《びし》が仕掛けられる。

そして、江戸上屋敷には、裏柳生忍びの結界が張られるのだ。
その前にやらねばならない……。
左近は、表御殿の天井裏から奥御殿に向かった。

十人の托鉢坊主は隊列を組み、足早に古川沿いの道を麻布に向かっていた。
おそらく、麻布宮下町にある武蔵国高篠藩江戸上屋敷に行くのだ。
小平太は読んだ。
先に出た十人の托鉢坊主もやはり高篠藩江戸上屋敷に向かっているのか……。
もし、そうならば裏柳生の忍びの二十人は、高篠藩江戸上屋敷に何しに行くのか……。
小平太は、想いを巡らせた。
二十人の裏柳生の忍びの者は、高篠藩江戸上屋敷の警戒に行くのかもしれない。
小平太は睨んだ。
それは、左近や嘉平たちはぐれ忍びの邪魔になるだけだ。
ならば、一人でも多く片付ける……。
小平太は、古川沿いに建ち並ぶ大名屋敷の屋根に上がり、十人の托鉢坊主の隊列の殿《しんがり》を行く者に棒手裏剣を放った。

棒手裏剣は煌《きら》めきとなって飛んだ。

托鉢坊主の隊列の殿を行く者は、背中に棒手裏剣を受け、前のめりに倒れた。

隣の托鉢坊主が驚き、立ち止まった。

小平太は、再び棒手裏剣を放った。

隣の托鉢坊主は、やはり背中に棒手裏剣を受けて重なるように倒れた。

残る八人の托鉢坊主たちは殿の異変に気が付き、直ぐに倒れた二人を囲んで四方に身構えた。

よし、此れで托鉢坊主は混乱し、足止めが出来る……。

小平太は読み、大名屋敷の屋根から下りて古川沿いの道の先に走った。


古川に架かっている赤羽橋が見えた。

先に行った托鉢坊主たちの姿が、赤羽橋を過ぎた辺りに見えた。

よし……。

小平太は、古川の向かい側にある筑後《ちくご》国久留米《くるめ》藩江戸上屋敷の横の長屋塀《ながやべい》の屋根の上に跳んだ。

十人の托鉢坊主たちは二列に並び、中ノ橋《なかのはし》の南詰に進んで行く。

小平太は、久留米藩江戸上屋敷の横の長屋塀の上を走って近付き、殿の托鉢坊主に棒手裏剣を投げた。

棒手裏剣は煌めき、殿の托鉢坊主の背に突き刺さった。

殿の托鉢坊主は、後ろから突き飛ばされたように踏鞴《たたら》を踏み、前の托鉢坊主にもたれ掛かって倒れた。

隣や前にいた托鉢坊主は驚いた。

小平太は、二本の棒手裏剣を続け様に放って長屋塀の屋根の上に伏せた。

驚いた前と隣にいた托鉢坊主たちは、飛来した棒手裏剣を受けて倒れた。

残る七人の托鉢坊主たちは、倒れた三人を囲んで素早く四方に身構えた。

小平太は、久留米藩江戸上屋敷の横の長屋塀の屋根の上に伏せ、素早く己の気配を消して見守った。

托鉢坊主たちは、周囲に忍んでいる忍びの者を捜した。

小平太は、己の気配を消したまま長屋塀の屋根の上に潜み続けた。

高篠藩江戸上屋敷の奥御殿の天井裏は薄暗く、黴の臭いと埃《ほこり》に満ちていた。

左近は、梁《はり》伝いに藩主安藤元信の居室と寝間を探した。
安藤元信の声が、廊下から微かに聞こえた。
左近は、微かに聞こえた声を追った。
安藤元信は、近習に酒を仕度するように命じながら廊下を進んでいた。
左近は、廊下を進む安藤元信の声や足音、息遣いなどを見極めながら天井裏を追った。
床板を進む足音が続いた。
安藤元信は、近習たちに何事かを命じながら御殿の廊下を進んでいる。
左近は、足音から安藤元信が何処にいるかを読んだ。
安藤元信の足音は、床板から畳の上に進んだ。
廊下から座敷に入った……。
左近は読み、座敷を進む足音を追った。
座敷を進む足音が止まり、腰を下ろす気配がした。
女の迎える声がした。
奥方か側室の座敷……。
左近は、安藤元信の入った座敷が何処かを読んだ。

安藤元信と女の声が途切れ途切れに聞こえ、奥女中たちが膳を運んで来た気配がした。

酒を飲み始める……。

左近は、己の周囲を見廻した。

暗い天井裏が続いていた。

左近は、暗い天井裏に不審はないと見定め、梁に両脚を絡めて逆さになり、坪錐《つぼきり》で天井板に穴を開けた。そして、穴から座敷を覗いた。

穴から見える座敷では、安藤信元が若くて豊満な側室と酒を飲み始めていた。

さあて、どうする……。

左近は、次の手立てを思案した。


高篠藩江戸上屋敷に変わりはない……。

猿若は、隣の寺の本堂の屋根から見張り続けていた。

左近が忍び込んで半刻《はんとき》(一時間)程が過ぎていた。

高篠藩江戸上屋敷から筧才蔵が現れ、門前の宮下町の通りを眺めた。

その顔には、微かな苛立ちが滲んでいた。

どうしたのだ……。
猿若は戸惑った。
筧才蔵は、高篠藩江戸上屋敷に戻って行った。
左近さまがどうかしたのか……。
猿若は、心配そうに高篠藩江戸上屋敷を眺めた。
宮下町から小平太がやって来た。
小平太の兄貴……。
猿若は、小平太を見守った。
小平太は、物陰から高篠藩江戸上屋敷を窺った。
猿若は、着物の襟元から青い天道虫の作り物を取り出し、小平太に投げた。
青い天道虫は飛び、小平太の眼の前に落ちた。
天道虫は、秩父忍びの符牒《ふちょう》だ。
小平太は、青い天道虫を拾って飛んで来た隣の寺の方を見た。
寺の本堂の屋根に猿若がいた。
小平太は、猿若のいる隣の寺の本堂に向かった。

「そうか。左近さまは高篠藩江戸上屋敷に忍んでいるのか……」

小平太は、猿若から左近の動きを聞いた。

「はい。裏柳生の忍びの者が結界を張る前にと……」

猿若は告げた。

「そうか。やっぱりな……」

小平太は、小さな笑みを浮かべた。

「小平太の兄貴、何か……」

猿若は、小平太の小さな笑みに戸惑った。

「柳生藩江戸中屋敷にいる裏柳生の忍びの者たちが、托鉢坊主に化けてこっちに向かったので、後を追い、五人の裏柳生の忍びを倒して来た……」

小平太は告げた。

「五人も……」

猿若は驚いた。

「うん。少しでも、左近さまの役に立てば良いのだが……」

小平太は、高篠藩江戸上屋敷を眺めた。

「小平太の兄貴……」

猿若は、古川から続く宮下町を示した。

十五人の托鉢坊主が、二列に並んでやって来た。

「来たか……」

小平太は、裏柳生の忍びが化けた托鉢坊主たちが、傷付いた五人を残して来たのを知った。

托鉢坊主の一行は、高篠藩江戸上屋敷の裏門に入って行った。

「高篠藩江戸上屋敷に裏柳生忍びの結界が張られますか……」

猿若は苦笑した。

「裏柳生忍び頭の筧才蔵、配下の忍びが来たので屋敷内を検《あらた》め、警戒を厳しくする筈。左近さま、見付からなければ良いのだが……」

小平太は眉をひそめた。

「小平太の兄貴……」

猿若は、不安を滲ませた。

「猿若、高篠藩江戸上屋敷で異変が起きたら、左近さまの後詰をするぞ」

小平太は、厳しい面持ちで告げた。

「心得ました……」

猿若は、喉を鳴らして武者震いをした。
「猿若……」
小平太は緊張した。
裏柳生の忍びが現れ、高篠藩江戸上屋敷に結界を張り始めた。
小平太と猿若は、厳しい面持ちで見守った。
陽は西に傾き、夕暮れ時は近付いた。

高篠藩藩主安藤元信は、若い側室を相手に酒を飲み続けていた。
左近は、天井裏に忍んで安藤元信を見守っていた。
天井裏の闇が微かに揺れた。
裏柳生の忍びの者が到着し、江戸上屋敷の警戒を厳しくし、結界を張る。
左近は読んだ。
天井裏の闇に、裏柳生の忍びの者たちの姿が浮かんだ。
裏柳生の忍びの者たちは奥御殿の天井裏を検めて、鳴子や撒き菱などを仕掛けるのだ。
左近は、安藤元信のいる若い側室の部屋近くの空き部屋に素早く下りた。

空き部屋に下りた左近は、素早く物陰に忍んだ。

奥御殿の座敷は、穏やかな気配が漂っていた。

結界や警戒は、外側からの攻撃や攻勢に向けての構えであり、内側からのものには対処してはいない。

左近は、奥御殿の長閑さと穏やかさに護られると知り、苦笑した。

夕陽は、空き部屋の障子を赤く染め始めた。


高篠藩江戸上屋敷は、大禍時《おおまがとき》の青黒さに覆われた。

裏柳生の忍び頭の筧才蔵は、配下の忍びに上屋敷内を検めさせ、結界を厳しく張らせた。

そして、おたまたちのはぐれ忍び攻撃が迎え討たれ、配下の者たちが来る途中に襲われたのを知り、怒りと屈辱を覚えた。

おのれ……。

筧才蔵は、はぐれ忍びと一緒にいる日暮左近に憎悪を燃やした。

小平太と猿若は、夜の闇に覆われた高篠藩江戸上屋敷を見張っていた。

江戸上屋敷の結界は動かず、異変も窺えなかった。

左近は忍び続けている……。

小平太は見張った。

「小平太の兄貴……」

猿若は、宮下町の暗がりを来る二人の人足を示した。

小平太は、やって来る二人の人足を透かし見た。

二人の人足は物陰に入り、高篠藩江戸上屋敷を窺った。

「足取りや身体つき、年寄りのようですね」

猿若は、怪訝そうに告げた。

「うん。どうやら、嘉平の親父さんとはぐれ忍びの飛猿さんのようだ……」

小平太は、二人の人足を見詰めた。

「えっ。本当だ、年寄りは嘉平の親父さんだ」

猿若は、二人の人足を見ながら頷いた。

「間違いないな……」

「じゃあ、呼んで来ます」

猿若は、寺の本堂の屋根を身軽に跳び降りて行った。

嘉平と飛猿は、高篠藩江戸上屋敷に何しに来たのか……。

小平太は、戸惑いを覚えた。

僅かな刻が過ぎ、嘉平と飛猿が猿若に誘われて本堂の屋根に上がって来た。

「おう。小平太……」

嘉平は微笑んだ。

「どうしたんですか……」

小平太は尋ねた。

「どうしたって、禍の元凶を始末しに来たのに決まっているだろう」

嘉平は、老顔に不敵な笑みを浮かべた。

「それなら、左近さまがもう忍び込んでいます……」

小平太は告げた。

「左近が……」

「ええ……」

「此の裏柳生の結界に気が付かれずにか……」

いかに日暮左近でも、裏柳生の結界を破らずに忍び込む事は無理だ。

嘉平は、裏柳生の忍びの結界が乱れなく張られているのに戸惑った。

「左近さまは、筧才蔵が裏柳生忍びの結界を張ると睨み、その前に……」

猿若が笑った。

「流石《さすが》、日暮左近だな……」

嘉平は苦笑した。

「で、お前さんたちは何をしているんだい」

飛猿は尋ねた。

「左近さまが脱出する時、裏柳生の忍びの結界を破り、混乱させてやりますよ」

小平太は告げた。

「成る程、そいつは面白い。俺も手伝うぜ」

飛猿は笑った。

「そいつは助かります」

「よし。じゃあ、その時を待つか……」

嘉平は、高篠藩江戸上屋敷を眺めた。その眼は、獲物を狙う猟師のように鋭かった。

高篠藩江戸上屋敷は、裏柳生忍びが結界を張ってから緊張感に満ちていた。

高篠藩江戸上屋敷は、家来たちも見張りと見廻りをしており、昼間の長閑さは消え去っていた。

藩主の安藤元信は、若い側室のおつやの部屋で酒を飲み続けていた。

左近は、若い側室の部屋の近くに忍んでいた。

江戸上屋敷で最も警戒の緩い処は、藩主安藤元信が正室たち家族や側室と暮らす奥御殿だった。

表御殿と奥御殿の周囲は家来たちが厳重に警戒し、表門や取り囲む長屋塀には裏柳生の忍びが結界を張っていた。

それは、外からの攻撃に対する警戒であり、内からの攻撃を想定していない護りなのだ。そして、藩主安藤正信に対する遠慮と畏怖《いふ》が、警戒を緩める大きな原因になっている。

左近は読み、苦笑した。

刻は過ぎ、夜は更けていく。

左近は、安藤正信が眠るのを待っていた。

安藤正信は、若い側室のおつやを相手に酒を飲み続けていた。

表御殿は政務に就いていた家臣たちも退出し、静寂に満ちていた。そして、奥御殿に暮らす人々も眠りに就き始めた。

左近は、若い側室のおつやと酒を楽しんでいる安藤正信を見張り続けた。

近習や奥女中は欠伸《あくび》を嚙み殺し、宿直《とのい》の家来たちは船を漕ぎ始めていた。

高篠藩江戸上屋敷は内に左近が忍んでいるのに気が付かず、外からの襲撃に備えて護りを固めていた。

左近は苦笑した。

安藤元信は、酒を切り上げて若い側室おつやと寝所に入った。

そろそろ潮時だ……。

左近は読み、安藤元信の寝所に向かった。

四

奥御殿の安藤正信の寝所に通じる廊下の入口には、二人の宿直《とのい》が座っていた。

左近は、二人の宿直の様子を窺った。

二人の宿直は、船を漕ぎながらも懸命に役目を果たそうとしていた。

左近は、廊下を跳んで両手両足で天井に張り付き、二人の宿直の頭上に進んだ。

そして、二人の宿直の背後に小さな鈴を投げた。

小さな鈴は、二人の宿直の背後に落ちて軽やかな音を鳴らして弾み、入口の陰に転がった。

二人の宿直は、弾かれたように立ち上がって鈴の音のした入口の陰に向かった。

左近は、素早く天井を進んで廊下に跳び下り、傍の部屋に入った。


傍の部屋は暗く、左近は襖を僅かに開けて隣室を覗いた。

隣室には燭台の火が灯され、二人の宿直が刀を脇に置いて並んで座っていた。

二人の宿直が座っている背後の座敷が、藩主安藤元信の寝所だ。

左近は見定め、小豆《あずき》を指の先で弾き飛ばした。


小豆は飛び、燭台の火を消した。

不意に闇が訪れた。

二人の宿直は狼狽《ろうばい》しながらも、火種を取り出して燭台の火を灯した。

闇が消えた。

二人の宿直は、燭台に火が灯された部屋を見廻した。

部屋に変わった事はない……。

二人の宿直は、微かな安堵を滲ませて再び並んで座った。

静寂が満ちた。


男の鼾《いびき》と女の寝息は、暗い寝所に満ちていた。

寝所の隅の闇が揺れ、左近の姿が浮かび上がった。

左近は、宿直の間の燭台の火を小豆で消して一瞬の闇を作り、二人の宿直の眼を晦《くら》ませて寝所に忍び込んだのだ。

寝所の中央に敷かれた蒲団では、安藤元信と若い側室おつやが酒に酔って眠り込んでいた。

左近は、おつやに近寄って寝息を窺った。

おつやは、薄く口を開け、豊満な胸を上下させて寝息を立てていた。

左近は、小さな竹筒の栓を抜き、おつやの薄く開けられた口に白濁液の雫《しずく》を垂らした。

おつやは飲み込み、深い眠りに落ち込んで行った。
秩父忍び秘伝の眠り薬の効き目は早い……。
左近は、おつやが深い眠りに落ちたのを見定め、隣で眠っている安藤元信に近付いた。
安藤元信は、口を開けて鼾を掻いて眠っていた。
安藤元信……。
左近は、安藤元信を跨《また》いで無明刀を抜き払った。
無明刀は妖しく輝いた。
左近は、妖しく輝く無明刀を両手で握って、眠る安藤元信の顔の上に構えた。
「安藤元信……」
左近は囁き掛けた。
安藤元信は、小さく呻《うめ》いて眼を覚ました。
曲者《くせもの》……。
安藤元信は愕然《がくぜん》とし、眼を瞠《みは》って声を上げようとした。
刹那、無明刀が煌めきを曳《ひ》いて安藤元信の顔に突き下ろされた。
安藤元信は、思わず眼を瞑《つむ》って息を吞んだ。

瞑った眼の瞼《まぶた》の裏が白く輝き、鋭い刃風が耳元に鳴って鬢《びん》の解《ほつ》れ毛が削ぎ斬られた。

削ぎ斬られた解れ毛が落ちた。

「此れ以上、はぐれ忍びに手を出すな……」

左近は囁き、安藤元信の顔の左右に無明刀を素早く突き刺した。

安藤元信は、固く瞑っている眼で刃の輝きを見、刃風の鋭さを感じ、左近の囁きを聞いた。

刃の輝きと刃風の鋭さは、左近の囁きと共に続いた。

安藤元信は恐怖の底に叩き落とされ、顔色を蒼白《あおじろ》く変えていった。

「はぐれ忍びに手を出すな……」

左近は囁き、無明刀を安藤元信の顔の左右に、交互に突き刺し続けた。

恐怖は頂点に達した。

安藤元信は、顔色と頭髪を白く変えて涎《よだれ》を垂らし、意識を失った。

左近は、二つ目の小さな竹筒を出し、黒い液体の雫を安藤元信の口の中に垂らした。

安藤元信は、黒い液体を飲み込んだ。

秩父忍びの秘薬、生きる屍《しかばね》……。

此れで安藤元信は、身体を動かせず、言葉も喋れない状態になった。

はぐれ忍びを逆恨みし、皆殺しにしようとした報いだ。

生き永らえて踠《もが》き苦しむが良い……。

左近は、斬り棄てて楽にするより、踠き苦しむ残りの生涯を安藤元信に与えた。

老中の高篠藩藩主安藤下野守元信は、苦しんで生き続けるのだ。

左近は、無明刀を鞘に納めた。

側室のおつやは寝息を立て、安藤元信は微かに息を繋《つな》いでいた。

事が終われば長居は無用……。

左近は、寝所の隅の長押《なげし》に跳び、天井板を押し開けた。


天井裏は暗かった。

左近は、闇を透かし見て窺った。

裏柳生の忍びが潜んでいる気配はなく、鳴子が張り巡らされ、撒き菱が仕掛けられていた。

よし……。

左近は、素早く天井裏に上がって天井板を閉めた。

天井裏の闇は、広く静かに続いていた。

左近は、張り巡らされた鳴子の綱を掻い潜り、撒き菱を取り除きながら梁の上を進んだ。そして、奥御殿の外れの暗い部屋に下りた。

奥御殿に騒ぎは起きていない。

安藤元信の異変は気が付かれていない……。

左近は、辺りに裏柳生忍びの気配を探した。だが、裏柳生忍びの気配はなく、見廻り組もいなかった。

左近は見定め、暗い部屋を出て奥庭に走った。

左近は暗い奥庭を囲む西の内土塀の植え込みに駆け込み、辺りの気配を探った。

西の内土塀の向こうには見廻り組が行き交い、江戸上屋敷を囲む長屋塀には裏柳生忍びの結界が張られている。

左近は見定めた。

何処から出ても、裏柳生忍びの結界に気が付かれてしまう。

僅かに有利なのは、忍びの結界は外に向かって張られ、内側に対する備えは緩いという事だ。

背後から一気に結界を破り、脱出する。

よし……。

左近は決め、西の内土塀に上がって長屋塀の屋根に大きく跳んだ。

裏柳生忍びの結界が揺れ、夜空を跳ぶ左近に殺気が殺到した。


裏柳生忍びの結界が揺れた。

「西の長屋塀だ……」

飛猿は、裏柳生忍びの結界の揺れの方向を見定めた。

「左近さまだ……」

猿若は、声を弾ませた。

「よし。嘉平の親父さん、飛猿さん、俺と猿若は左近さまの処に行きます」

小平太は告げた。

「よし。儂《わし》と飛猿は此処から裏柳生の忍びの相手をする」

嘉平と飛猿は、弩《ど》に矢を番《つが》え始めた。

「はい。行くぞ、猿若……」

小平太と猿若は、寺の本堂の屋根から素早く下りて行った。

嘉平と飛猿は、高篠藩江戸上屋敷表門脇の長屋塀の屋根に潜む裏柳生忍びの者に弩の矢を射た。

弩の矢は、表門脇の長屋塀の屋根にいた二人の裏柳生忍びを射抜いた。

敵は表門前にもいる……。

裏柳生の忍びの結界は、その揺れの一端を慌てて西から東に戻した。

嘉平と飛猿は、寺の本堂の屋根に隠れて弩の矢を射続けた。

裏柳生忍びの結界は、大きく揺れて混乱し始めた。


左近は、飛来する柳生流十字手裏剣を躱して西の長屋塀の屋根に着地した。

周囲の闇を揺らして裏柳生忍びが現れ、左近に襲い掛かった。

左近は、無明刀を抜き放って襲い掛かる裏柳生の忍びの者を斬り棄てた。

「曲者は何処だ……」

裏柳生忍び頭の筧才蔵は、配下の忍びの者に訊いた。

「西の長屋塀の屋根と表門です」

配下の忍びは報せた。

「長屋塀の屋根に上がられる迄、気が付かなかったのか……」

筧才蔵は、厳しく問い質した。

「はい。それが不意に現れて……」

配下の忍びの者は首を捻った。

「不意に現れた……」

まさか……。

筧才蔵は、不吉な予感に襲われた。

曲者は、内側から結界を襲ったのかもしれない。もし、そうだとすれば、曲者は結界を張る前に高篠藩江戸上屋敷に忍び込んでいたのか……。

「お側役の山岡采女正さまは何処だ……」

筧才蔵は、焦りを覚えた。


左近は、長屋塀の屋根の上を走り、襲い掛かって来る裏柳生忍びと闘った。

裏柳生の忍びの者は、左近を取り囲んで交代で斬り掛かった。

左近は無明刀を閃かせた。
裏柳生の忍びは、左近に斬り掛かっては跳び退き、次の者に代わった。
脱出させずに闘わせ、疲れるのを待つ気か……。
左近は苦笑した。
裏柳生忍びの攻撃は、間断《かんだん》なく続いた。
刹那、棒手裏剣が飛来し、裏柳生忍びの一人が長屋塀の屋根から転げ落ちた。
裏柳生忍びは僅かに怯み、攻撃に躊躇《ためら》いが見えた。
猿若か……。
左近は睨んだ。
刹那、新たな棒手裏剣が飛来し、二人目の裏柳生忍びが倒れた。
小平太もいる……。
左近は笑った。
裏柳生忍びの陣形は崩れ、左近は猛然と斬り掛かった。

お側役山岡采女正は、家来たちに命じて奥御殿の護りを固めさせ、安藤元信の無事を見定めに寝所に急いだ。

寝所の入口にいた宿直の二人の家来は、緊張した面持ちで山岡を迎えた。

「寝所に異変はないか……」

山岡は尋ねた。

「はい……」

二人の宿直は頷いた。

山岡は、寝所の隣の宿直の間に入った。

寝所の襖の前には、二人の宿直が刀を握り締めて身構えていた。

「殿は……」

「おつやの方さまと御寝所に……」

「よし。殿、山岡采女正にございます」

山岡は、寝所に声を掛けた。

「や、山岡さま……」

おつやの引き攣《つ》った声がした。

「おつやさま。御免……」

山岡采女正は、襖を開けて寝所に踏み込んだ。

寝所では、おつやが蒲団に横たわっている安藤元信の顔を恐ろしげに見ながら激しく震えていた。

「おつやさま……」

「と、殿が……」

おつやは、恐怖に震える指で横たわっている安藤元信を指差した。

「御免……」

山岡は、蒲団に近付き、横たわっている安藤元信の顔を見た。

安藤元信は、頭髪と顔色を白く変え、虚《うつ》ろな眼で涎を垂らしていた。

「殿……」

山岡は驚き、言葉を失って呆然とした。


高篠藩江戸上屋敷の裏柳生の忍びの結界は、西側の長屋塀と表門へのはぐれ忍びの攻撃を受けて乱れていた。

頭の筧才蔵は、表門の護りを配下に命じて西側の長屋塀に走った。

左近は、無明刀を縦横に閃かせて襲い掛かる裏柳生の忍びを倒していた。

口笛が短く鳴った。
裏柳生の忍びの者たちが退き、頭の筧才蔵が現れた。
漸《ようや》く来たか……。
左近は、小さな笑みを浮かべて無明刀を一振りした。
無明刀の鋒《きつさき》から血の雫が飛んだ。
「日暮左近か……」
筧才蔵は、怒りを滲ませた眼で左近を見据えた。
「裏柳生忍びの頭、筧才蔵だな……」
左近は笑い掛けた。
「いかにも……」
筧才蔵は頷き、左近に向かって長屋塀の屋根を蹴った。
左近も無明刀を提げ、筧才蔵に向かって走った。
筧才蔵と左近は、長屋塀の屋根瓦を蹴って夜空に跳んだ。
交錯《こうさく》する……。
筧才蔵は、手鉾《てぼこ》を唸らせた。
左近は、無明刀を閃かせた。

刃の噛み合う音が鳴り、左近と筧才蔵は交錯して着地した。
そして、直ぐに振り返って鋭く斬り結んだ。
手鉾が唸り、無明刀が瞬き、屋根瓦が砕けた。
左近と筧才蔵は、互いに大きく跳び退いて身構えた。
潮時だ……。
左近は、無明刀を頭上高く真っ直ぐに構えた。
天衣無縫《てんいむほう》の構えだ。
筧才蔵は、左近の隙だらけの構えに苦笑し、手鉾を構えて屋根を走った。
左近は、無明刀を構えて微動だにしなかった。
筧才蔵は、左近に猛然と駆け寄り、手鉾を唸らせた。
剣は瞬速……。
無明斬刃《むみょうざんじん》……。
左近は、無明刀を真っ向から斬り下げた。
筧才蔵は、呆然とした面持ちで立ち竦み、棒のように斃れた。
左近は、残心《ざんしん》の構えを解いて長屋塀の屋根を蹴り、高篠藩江戸上屋敷から脱出した。

裏柳生忍びの者たちは、髷れた頭の筧才蔵に駆け寄った。

左近は、夜空から着地した。

「左近さま……」

小平太と猿若が駆け寄って来た。

「良く来てくれたな」

左近は笑い掛けた。

「寺の本堂の屋根に嘉平の親父さんと飛猿さんが来ています」

小平太は報せた。

「嘉平の父っつあんと飛猿……」

「ええ……」

「そうか。よし、此れ迄だ。退き上げる」

「じゃあ、嘉平の親父さんと飛猿さんに報せます」

猿若は告げた。

「猿若、嘉平の父っつあんと飛猿はもう退き上げている」

左近は告げた。

「えっ……」

猿若は、戸惑いを浮かべた。

「嘉平の父っつあんは海千山千の老練《ろうれん》な忍び、殺し合いの駆け引きに抜かりはない」

左近は苦笑した。

「そんな……」

「行くぞ……」

左近は走り出した。

小平太と猿若は続いた。

高篠藩江戸上屋敷は、静寂に包まれて夜の闇に沈んで行った。

第四章　拷問蔵

一

老中で高篠藩藩主の安藤下野守元信は、若い側室おつやと酒を飲み、髪と顔色を白く変えて五体と言葉の自由を失った。

卒中《そっちゅう》に倒れ、寝たきり状態……。

側用人の山岡采女正たち高篠藩重臣たちは、公儀にそう届け、嫡子《ちゃくし》元春《もとはる》の家督《かとく》相続願いを出した。

山岡采女正は、側室おつやの方に事の次第を厳しく問い質した。だが、おつやは何も覚えてはいなかった。

何《いず》れにしろ、裏柳生忍び頭の筧才蔵は、日暮左近というはぐれ忍びに結界を破られ、斬り棄《す》てられて滅んだ。

山岡采女正は、安藤元信の寝所を検めた。そして、枕と蒲団に刃を突き刺した痕《あと》が無数にあるのに気が付いた。

刃の突き刺した痕は、顔の左右になる位置にあった。

殿は顔の左右に刃を突き刺され、恐怖の底に叩き込まれ、生きる屍にされたのだ……。

山岡采女正は読んだ。

おのれ、日暮左近……。

山岡采女正は、怒りを滾《たぎ》らせた。


柳生藩総目付黒崎兵部は、裏柳生忍び頭の筧才蔵が斃された事に激しい衝撃を受けた。

「おのれ。して京弥、才蔵を斃したのは誰だ」

「忍びの者たちによると、日暮左近と名乗るはぐれ忍びかと……」

若衆《わかしゅ》姿の京弥は告げた。

「日暮左近か……」

「手前が柳森稲荷に出入りしていた時には見掛けなかったのですが……」

「だが、はぐれ忍びには相違なかろう」

黒崎は、腹立たしさを滲ませた。

「はい。ならば黒崎さま……」

京弥は、身を乗り出した。

「裏柳生忍びの結界を破られ、頭の筧才蔵を斃された。そして、依頼人の安藤元信を生きる屍にされたとしたら、武門《ぶもん》に生きる我が柳生の威勢は地に落ち、泰平の世に無用の長物と嘲笑を浴びるは必定《ひつじょう》。最早、高篠藩や安藤元信の依頼であろうがなかろうが、柳生は江戸のはぐれ忍びを抹殺するしかない……」

黒崎兵部は、はぐれ忍びに対する憎悪と怒りを静かに燃やした。


柳森稲荷は珍しく参拝人で賑わっていた。

鳥居前の空き地には、七味唐辛子売り、古道具屋、古着屋が並び、参拝を終えた客が冷やかしていた。

その奥には、屋台を真新しい葦簀《よしず》で囲んだ飲み屋があった。

嘉平は、はぐれ忍びに恨みを抱く老中で高篠藩の藩主である安藤元信が生きる屍になり、裏柳生忍び頭の筧才蔵が斬り棄てられたのを知り、新たな飲み屋を作ったのだ。

「未だ早いのでは……」

左近は眉をひそめた。

「なあに、屋台を葦簀で囲っただけだ。壊されてもどうって事はない」

嘉平は笑った。

「いや、心配しているのは飲み屋じゃあなく、父っつあんの命だ……」

左近は苦笑した。

「心配するな。裏柳生の忍びが襲って来たら屋台諸共《もろとも》吹き飛ばしてくれる」

嘉平は、楽しそうに云い放った。

「屋台諸共か……」

左近は、嘉平が裏柳生の忍びの襲撃に備えて屋台に仕掛けをしたのに気が付いた。

「それより、高篠藩と柳生、これからどう出るかだな……」

「うむ。安藤元信が生きる屍になった今、高篠藩は、はぐれ忍び皆殺しから手を引くかもしれぬ……」

左近は読んだ。

「ああ。で、裏柳生は……」

嘉平は眉をひそめた。

「依頼主と頭の筧才蔵を葬られ、大人しく尻尾を巻く筈はない……」

左近は読んだ。

「武で立つ大名家の意地と矜持《きょうじ》か……」

嘉平は頷いた。

「うむ。総目付の黒崎兵部、どう出るか……」

左近は、厳しさを過らせた。

「ああ……」

嘉平は頷いた。

「何《いず》れにしろ、此れで幕は下りはしない……」

左近は、不敵な笑みを浮かべた。


柳生藩江戸上屋敷は表門を閉じ、警戒を厳重にしていた。

小平太と猿若は、増上寺学寮の屋根の上に潜んで柳生藩江戸上屋敷を見張っていた。

「黒崎兵部、動きませんね……」

猿若は、退屈そうに小平太に告げた。

「猿若……」

小平太は、青松寺から増上寺裏門前を来る山岡采女正を示した。

「あっ……」

「うん。高篠藩側役の山岡采女正だ……」

小平太と猿若は、山岡采女正を見守った。

山岡采女正は、柳生藩江戸上屋敷に入って行った。

「何しに来たんですかね」

猿若は眉をひそめた。

「うん……」

「忍び込んでみますか……」

猿若は意気込んだ。

「猿若、相手は柳生流の総本山だ。下手に忍び込めば命取りだ」

小平太は、厳しく窘《たしな》めた。

「は、はい……」

猿若は首を竦《すく》めた。

陽は西に大きく傾いた。

小平太と猿若は見張った。

柳生藩江戸上屋敷の潜り戸が開き、山岡采女正とおたま姿の京弥が下男を従えて出て来た。

「小平太の兄貴……」

「うむ。女は裏柳生のおたまかもしれぬ」

小平太は睨んだ。

「おたまって、柳森稲荷の古着屋に潜り込んで、はぐれ忍びを始末した女ですね」

「ああ……」

山岡采女正とおたまは、下男を供にして愛宕下大名小路を幸橋《さいわいばし》御門に向かった。

「よし。追ってみよう」

小平太と猿若は、増上寺学寮の屋根から下りた。

山岡采女正とおたまは、お供の下男を従えて幸橋御門に向かっていた。

小平太と猿若は追った。

山岡采女正とおたまは、武家の父娘のようだった。

「まるで、父娘《おやこ》ですね……」

猿若は感心した。

「それより猿若、あの下男の足取りや身の熟《こな》し、忍びの者のようだ」

小平太は睨んだ。

「えっ……」

猿若は、山岡采女正とおたまのお供をしている下男を見詰めた。

下男は時々辺りを窺い、擦れ違う者に鋭い眼を向けていた。

「小平太の兄貴……」

猿若は眉をひそめた。

「ああ……」

小平太と猿若は、山岡采女正、おたま、下男を尾行《つけ》た。

裏柳生の忍びは、はぐれ忍びを束ねている嘉平を必ず殺しに来る……。

左近は、古着屋の吊るされた着物の陰から嘉平の新しい葦簀張りの飲み屋を見張っていた。

新しい葦簀張りの飲み屋では、人足や浪人たちが安酒を飲んでいた。

人足や浪人たちの中には、はぐれ忍びがいて秘かに嘉平を護っている。

嘉平は、己を餌にして裏柳生忍びの報復を誘っているのだ。

大胆な父っつあんだ……。

左近は苦笑した。

それは、死なせてしまったはぐれ忍びに対する嘉平のせめてもの詫びなのかもしれない。


夕暮れ時になり、参拝客は帰り始めた。

七味唐辛子売り、古道具屋、古着屋は、店仕舞いをした。

古着屋の辰吉は、吊るしてあった古い着物を大八車に積んで帰った。

柳森稲荷前の空き地には、奥の葦簀張りの飲み屋だけが残った。

新しい葦簀張りの飲み屋は小さな明かりを灯し、人足、浪人、博奕《ばくち》打ちなどが安酒を楽しんでいた。


高篠藩側役山岡采女正は、柳原通りの柳並木の陰から柳森稲荷前の空き地の奥にある葦簀張りの飲み屋を見詰めた。

「あの飲み屋の亭主がはぐれ忍びを束ねている嘉平です」

おたまは、山岡采女正に囁いた。

「嘉平か……」

山岡采女正は、嗄《しやが》れ声を微かに震わせた。

「はい……」

おたまは頷いた。

「造作《ぞうさ》を掛けたな……」

山岡采女正は、おたまに礼を述べた。

「いいえ。それより、山岡さま。嘉平は老獪《ろうかい》な忍び、何を企んでるのか分かりません。今暫《しばら》く様子を見ては……」

おたまは、山岡采女正を落ち着かせようとした。

「気遣い無用だ。私ははぐれ忍びを逆恨みする殿をお諫《いさ》め出来ず、生きる屍に追い込んでしまった。今となっては、嘉平の首を獲ってお詫びするしかないのだ」

山岡采女正は、怒りも昂《たかぶ》りもなく静かに告げた。

「山岡さま……」

「ではな……」

山岡は、おたまに淋しげに笑い掛けて柳森稲荷の空き地に入って行った。

「虎市《とらいち》……」

おたまは、お供の下男に声を掛けた。

「はい……」

虎市と呼ばれた下男は頷き、山岡采女正を追って空き地に入って行った。

おたまは、冷笑を浮かべて見送った。


小平太と猿若は、物陰からおたまたちを見守っていた。

「どうします……」

猿若は、小平太の指示を仰いだ。

「虎市を見張れ。俺はおたまを見張る……」

「心得ました」

猿若は、虎市を追って柳森稲荷の暗い空き地に消えて行った。

小平太は、おたまを見張った。


「邪魔をする……」

山岡采女正は、飲み屋の横手の縁台に腰掛けて安酒を楽しんでいる人足、浪人、博奕打ちを一瞥して葦簀を潜った。

「いらっしゃい……」

嘉平は、笑顔で迎えた。

「酒を貰おう……」

「只今……」

嘉平は、湯呑茶碗に酒を満たして山岡采女正に差し出した。

「お待ちどうさま……」

「うむ……」

山岡采女正は、湯呑茶碗の酒を一口飲んだ。

嘉平は、油断なく見守った。

「はぐれ忍びの嘉平か……」

山岡采女正は、嘉平を見詰めた。

「お前さんは……」

嘉平は、山岡采女正を見返した。

「高篠藩側役山岡采女正……」

山岡采女正は名乗り、刀を抜き放った。

刹那、屋台から手槍《てやり》が突き出された。

手槍は、嘉平が屋台に仕掛けた物だ。

山岡采女正は、咄嗟《とっさ》に手槍を躱《かわ》して葦簀の外に飛び出した。

「おのれ、嘉平……」

山岡采女正は、態勢を整えて尚も嘉平に斬り掛かろうとした。

鈍い音が鳴り、山岡采女正は背中に衝撃を受けて凍《い》て付いた。

山岡采女正の背中には、幾つかの手裏剣が突き刺さっていた。

「は、はぐれ忍びか……」

山岡采女正は、背中に血を滲ませて振り返った。

そこには、人足、博奕打ち、浪人がいた。

嘉平を護るはぐれ忍びだった。

「おのれ……」

山岡采女正は、顔を苦しく歪めて崩れるように倒れた。

嘉平が現れ、倒れた山岡采女正を見た。

山岡采女正は息絶えていた。

「側役の山岡采女正。忠義が仇《あだ》になったな……」

嘉平は、山岡采女正に手を合わせた。

人足、博奕打ち、浪人が続いた。

次の瞬間、嘉平たちを囲む夜の闇が揺れた。

嘉平、人足、博奕打ち、浪人は、素早く身構えた。

虎市たち裏柳生の忍びの者が、揺れた闇から浮かぶように現れた。

「裏柳生……」

「はぐれ忍びの嘉平。此《こ》れ迄《まで》だ……」

虎市は、嘲笑を浮かべた。

裏柳生の忍びの者たちは、一斉に柳生流十字手裏剣を投げた。

嘉平、人足、博奕打ち、浪人は、素早く飲み屋の屋台の陰に隠れた。

柳生流十字手裏剣は、次々に飲み屋の屋台に突き刺さった。
裏柳生忍びの者たちは、忍び刀などの得物を翳《かざ》して猛然と嘉平たちに殺到した。
次の瞬間、先頭の裏柳生忍びの者が、棒手裏剣を受けて前のめりに倒れた。
虎市たち裏柳生の忍びの者は怯んだ。
猿若が、柳森稲荷の鳥居の上から棒手裏剣を投げていた。
裏柳生の忍びの者が一人、棒手裏剣を受けて倒れた。
虎市は、猿若に気が付いて猛然と鳥居の上に跳んだ。
猿若は、忍び刀を抜いて虎市を迎えた。
虎市は、鳥居の上に着地して猿若に鋭く斬り掛かった。
猿若は斬り結んだ。
虎市は押した。
猿若は、鳥居の上を後退した。
虎市は、嵩《かさ》にかかって攻め立てた。
猿若は、鳥居の端に追い詰められた。
虎市は、嘲笑を浮かべて襲い掛かった。

刹那、闇を斬り裂いて飛んで来た人影が虎市を鳥居の上から蹴り落とした。

左近だった。

「左近さま……」

猿若は、安堵を浮かべた。

左近は、猿若に笑い掛けて鳥居の上から大きく跳んだ。


嘉平、人足、博奕打ち、浪人は、裏柳生忍びの者と激しく殺し合っていた。

左近が現れ、無明刀を閃かせた。

裏柳生忍びの者は、無明刀の閃きに次々と倒された。

闇に指笛が短く響いた。

裏柳生忍びの者は一斉に退いた。

殺気は静かに消え去った。

嘉平、人足、博奕打ち、浪人が左近の許にやって来た。

「怪我はないか……」

左近は心配した。

「掠《かす》り傷だ」

嘉平は笑った。

「高篠藩側役の山岡采女正か……」

左近は、斃れている山岡采女正を示した。

「うん。主の安藤元信を生ける屍にされた恨みを晴らしに来た忠義者だ……」

嘉平は頷いた。

「武士の矜持《きようじ》を貫いたか……」

左近は、山岡采女正の死体に手を合わせた。

「左近さま……」

猿若が駆け寄って来た。

「どうした……」

「山岡采女正を案内して来たおたまが姿を消していました」

猿若は報せた。

「おたまか……」

左近は、指笛を鳴らして裏柳生の忍びの者たちを退かせたのがおたまだと知った。

「おのれ、おたま……」

嘉平は、はぐれ忍びの弥一郎たちを殺したおたまに怒りを滲ませた。

「何処に引き上げたのかだな……」

左近は眉をひそめた。

柳生藩江戸上屋敷か中屋敷、それとも別の処か……。

「そいつは、小平太の兄貴が突き止めて来る筈です」

「小平太が見張っていたのか……」

「はい……」

猿若は頷いた。

「よし。小平太がおたまの居場所を突き止めて来たら、儂《わし》が息の根を止めてくれる」

嘉平は、年甲斐もなく意気込んだ。

「よし。ならば、山岡采女正の遺体、高篠藩江戸上屋敷に帰してやろう」

左近は、山岡采女正の死体を背負った。

「じゃあ、俺も一緒に行きます」

猿若は、身を乗り出した。

「よし。じゃあ、行くぞ」

左近は、山岡采女正の死体を背負って走り出した。

猿若は続いた。

「さあて、辺りを片付けるぞ……」

嘉平は、人足、博奕打ち、浪人に告げた。

柳森稲荷は闇と静けさに沈んでいく。


四谷の柳生藩江戸中屋敷には、裏柳生忍びの結界が張り巡らされていた。

おたまが闇から現れ、柳生藩江戸中屋敷に駆け込んで行った。

続いて裏柳生忍びの者たちが、手傷を負った者を助けながらやって来て江戸中屋敷に入って行った。

小平太が追って現れ、物陰から見届けた。

おたまと裏柳生の忍びの者は、四谷の柳生藩江戸中屋敷に入った。

小平太は、隣の寺の本堂の屋根に上がって柳生藩江戸中屋敷を見張り始めた。

江戸中屋敷の結界は、以前にも増して厳しく張られていた。

今迄と何か変わった事があった……。

小平太は睨んだ。

二

板壁の部屋は薄暗く、灯された燭台の明かりが床板に映えていた。

若衆姿の京弥が一人座っていた。

燭台に灯された火が僅かに揺れた。

京弥は平伏《へいふく》した。

柳生笠の家紋が壁に描かれた上段の間には、大黒頭巾《だいこくずきん》を被り、袖無羽織を着た小柄な年寄りが現れた。

「京弥か……」

小柄な年寄りは、穏やかな笑みを浮かべた。

「お館《やかた》さま……」

大黒頭巾に袖無羽織の小柄な年寄りは、裏柳生忍びのお館の柳生幻也斎だった。

「京弥、頭の筧才蔵を斃したのは何者だ」

柳生幻也斎は、笑顔で尋ねた。

「おそらく日暮左近なる者かと……」

京弥は告げた。

「日暮左近……」

幻也斎は、白髪眉をひそめた。

「はい。御存知ですか……」

「うむ。かつて裏柳生忍びの総帥、柳生竜仙《りゅうせん》さまを斃した者と聞き及ぶ……」

幻也斎は、冷ややかな笑みを浮かべた。

「日暮左近、そのような者だったのですか……」

京弥は、緊張を滲ませた。

「うむ。して京弥。高篠藩の安藤元信に依頼されたはぐれ忍びの始末は、安藤元信が生ける屍にされて終わったのだな」

「はい。側役の山岡采女正さまがはぐれ忍びに武士の矜持を貫きに行き、返り討ちに遭って何もかも……」

京弥は、事の顚末《てんまつ》を告げた。

「そうか。して、裏柳生と高篠藩の安藤元信を繋いだのは、総目付の黒崎兵部なのだな」

幻也斎は尋ねた。

「左様にございます」

京弥は頷いた。

「して、黒崎兵部、何と申しているのだ」

「依頼主が手を引いた限り、柳生は手を引くと。筧才蔵の頭を始め、裏柳生の忍びの者を何人も死なせておきながら……」

京弥は、悔しさを滲ませた。

「うむ……」

幻也斎は、笑みを浮かべて頷いた。

「お館さま……」

京弥は、幻也斎を見詰めた。

「京弥、引き続き、はぐれ忍びを皆殺しにするのだな」

「しかし、黒崎兵部さまが……」

「黒崎兵部には儂が話をつける」

幻也斎は苦笑した。

「お館さま……」

「京弥、日暮左近とはぐれ忍びを皆殺しにし、我が裏柳生忍びの屈辱を晴らし、柳生の恐ろしさを思い知らせてやれ……」

幻也斎は、穏やかな笑みを浮かべて命じた。

「ははっ……」

京弥は平伏した。

燭台の火は瞬いた。

京弥が顔を上げた時、幻也斎の姿は消えていた。


鉄砲洲波除稲荷傍《そば》の巴屋の寮には、明かりが灯された。

左近と猿若は、山岡采女正の遺体を麻布の高篠藩江戸上屋敷の表門前に置き、巴屋の寮に戻って来た。

「小平太の兄貴、戻って来た様子はありませんね」

猿若は、寮の中を検めて左近に告げた。

「おそらく、おたまの戻り先を見張っているのだろう」

左近は読んだ。

「それにしても裏柳生の忍び、頭の筧才蔵を斃されても、未だ嘉平の親父さんたちはぐれ忍びを皆殺しにするつもりなんですね」

猿若は眉をひそめた。

「うむ。今迄は安藤元信に依頼されてのはぐれ忍び皆殺しだったが、頭の筧才蔵を斃された今は、裏柳生忍びの意地を懸けてのはぐれ忍び皆殺しを仕掛けて来る筈……」

左近は読んだ。

「裏柳生忍びの意地を懸けての皆殺し……」

猿若は、厳しさを滲ませた。

「うむ……」

左近は頷き、障子の外の廊下を窺った。

「猿若、小平太が戻ったようだ」

「はい……」

猿若は、廊下に出て雨戸を開けた。

小平太が、風のように素早く入り込んだ。

猿若は雨戸を閉めた。

「御苦労だったな……」

左近は、小平太を労《ねぎら》った。

「いいえ……」

「して、おたまは……」

「配下の忍びと四谷の柳生藩江戸中屋敷に戻りました」

小平太は報せた。

「四谷の中屋敷か……」

「はい。それで左近さま、中屋敷には相変わらず裏柳生の忍びの結界が張られているのですが、頭の筧才蔵が斃された所為《せい》か、厳しくなっているような……」

小平太は首を捻った。

「結界が厳しくなった……」

左近は訊き返した。

「はい。何となくですが……」

「そうか……」

左近は眉をひそめた。

「何か……」

小平太は、戸惑いを浮かべた。

「小平太。ひょっとしたら中屋敷に裏柳生忍びのお館、柳生幻也斎が来たのかもしれぬ」

左近は読んだ。

「お館の柳生幻也斎……」

小平太は、緊張に突き上げられた。

「うむ……」

「左近さま、もし、柳生幻也斎が来たとなると……」

猿若は眉をひそめた。

「裏柳生の忍びのはぐれ忍びへの攻撃、情け容赦のない厳しいものになるだろう」

左近は、厳しい面持ちで睨んだ。


屋根船は大川を下った。

菅笠《すげがさ》に頬被りの船頭の操る櫓《ろ》は、流れに小さな渦を作っていた。

「裏柳生の柳生幻也斎……」

眉をひそめた菅笠に頬被りの船頭は、はぐれ忍びの嘉平だった。

「どうやら、四谷の中屋敷に現れたようだ」

左近が、障子の内に乗っていた。

「そうか……」

障子の内の左近と船頭姿の嘉平は、静かに話し続けた。

「幻也斎は裏柳生の名と意地に懸けて、はぐれ忍びの皆殺しを仕掛けて来る筈だ」

左近は告げた。

「うむ……」

嘉平は、厳しい面持ちで頷いた。

「はぐれ忍びたちに暫くの間、息を潜めているように触れを廻すのだな」

「暫くの間……」

嘉平は、小さな笑みを浮かべた。

「ああ。柳生幻也斎を斃す迄の間だ……」

左近は、不敵に云い放った。

「左近……」

嘉平は苦笑した。

「ま、幻也斎の出方を見定めてからだがな」

左近は笑った。

「うむ……」

大川を下って来た嘉平の漕ぐ屋根船は、両国橋の手前を神田川に入った。

四谷の柳生藩江戸中屋敷は、裏柳生忍びの結界に護られていた。

小平太と猿若は、隣の寺の本堂の屋根に忍んで柳生藩江戸中屋敷を見張っていた。

「小平太の兄貴……」

猿若は、柳生藩江戸中屋敷表門脇の潜り戸を示した。

潜り戸が開き、御高祖頭巾を被った武家女が下男を供にして出て来た。

「おたまです……」

猿若は、御高祖《おこそ》頭巾を被った武家女をおたまだと見定めた。

「うん……」

小平太は頷いた。

「尾行ますか……」

猿若は、四谷大木戸に続く往来に行くおたまと供の下男を見詰めた。

「見張っている俺たちを誘《おび》き出す罠《わな》かもしれない……」

小平太は読んだ。

「誘き出す罠ですか……」

「ああ。よし、じゃあ俺がおたまたちを尾行る。誘き出す罠なら尾行る俺を尾行る奴がいるかもしれない。猿若は、そいつを見定めて来い……」

小平太は命じた。

「心得ました」

猿若は頷いた。

「よし。じゃあ……」

小平太は、寺の本堂の屋根を下りておたまと供の下男を追った。

猿若は見送り、柳生藩江戸中屋敷の見張りを続けた。

僅かな刻が過ぎた。

柳生藩江戸中屋敷の裏手から二人の托鉢坊主が現れた。

裏柳生の忍びの者……。

猿若は睨んだ。

二人の托鉢坊主は、四谷大木戸に続く往来に進んだ。

やはり、小平太の読み通り、おたまは見張りを誘き出す罠なのだ。

猿若は、寺の本堂の屋根から下りて二人の托鉢坊主を追った。

四谷大木戸は旅人が行き交い、馬糞の臭いが漂っている。

おたまと下男は、四谷大木戸の手前、塩町三丁目の辻を武家屋敷街に曲がって南に進んだ。

小平太は尾行た。

何処に行く……。

小平太は読んだ。

此のまま行けば二股道になり、西に進んで玉川《たまがわ》上水を渡ると千駄ヶ谷《せんだがや》の田畑と雑木林がある。

そこに誘き出すつもりなら、やはり罠なのだ……。

小平太は睨み、背後を窺った。

二人の托鉢坊主がやって来るのが見えた。

奴らが裏柳生の忍びの者なら猿若が追って来る筈だ。

小平太は油断なく、おたまと下男を追った。

おたまと下男は、二股道を西に進んで玉川上水に架かっている小橋を渡り、千駄ヶ谷の田畑と雑木林に進んだ。

小平太は、微かな緊張を覚えた。


千駄ヶ谷の雑木林には、日差しが斜めに差し込んでいた。

おたまと下男は立ち止まった。

小平太は、木立の陰に素早く隠れた。

おたまと下男は振り返り、薄笑いを浮かべた。

やはり、誘き出す罠……。

小平太は気が付いた。

二人の托鉢坊主が背後に現れた。

「はぐれ忍びか……」

おたまは、木立の陰の小平太に告げた。

「裏柳生のおたまか……」

小平太は、木立の陰を出た。

「柳森稲荷の嘉平と日暮左近は何処にいる」

おたまは、嘲笑を浮かべた。

「知らぬ……」

小平太は苦笑した。

「ならば、身体に訊く迄……」

おたまは、二人の托鉢坊主に合図をした。

二人の托鉢坊主は、饅頭《まんじゅう》笠を脱いで小平太に投げた。

縁に刃の仕掛けられた二つの饅頭笠は、くるくると回転しながら小平太に飛来した。

小平太は、木立に隠れた。

二つの饅頭笠は飛び、小平太の隠れた木立に刃を食い込ませた。

次の瞬間、二人の托鉢坊主は背中に棒手裏剣を受けて倒れた。

猿若が現れた。

小平太は頷いた。

「読みの通りでしたね」

猿若は苦笑した。

「ああ……」

小平太は頷いた。

刹那、小平太と猿若の周囲の木々の梢《こずえ》から裏柳生の忍びの者が次々に降り立った。

「逃げろ、猿若……」

小平太は、咄嗟に猿若に命じて取り囲もうとした裏柳生の忍びの者に棒手裏剣を放った。

棒手裏剣は、裏柳生の忍びの者の胸に突き刺さり、包囲の一角を崩した。

猿若は、身軽に木立の梢に跳び、崩れた包囲を破った。

数人の裏柳生の忍びの者が追った。

猿若は、木々の梢を次々に跳んで裏柳生の忍びの者から逃れた。

他の裏柳生忍びの者は、素早く小平太を取り囲んだ。

おたまは、既に裏柳生の忍びの者を潜ませた雑木林に小平太と猿若を誘き出したのだ。

「おのれ……」

小平太は、忍び刀を抜いて裏柳生の忍びの者に斬り掛かった。

裏柳生の忍びの者たちは、跳び退いて小平太の攻撃を躱した。そして、取り囲んで鉤縄《かぎなわ》を放った。

鉤縄は四方から小平太に飛び、絡み付いた。

小平太は、五体に絡み付いた鉤縄を断ち斬ろうとした。

裏柳生の忍びの者は、忍び刀を握る小平太の右腕に絡んだ鉤縄を引いた。

小平太は、両手両足、胸や腹に巻き付いた鉤縄に動きを封じられた。

此れ迄だ……。

小平太は覚悟を決めた。

おたまが駆け寄り、小平太の両頬を両手で押さえた。

「死なせはしない……」

おたまは、小平太が毒を飲んだり、舌を嚙むのを防ぎ、妖しく微笑んだ。

小平太は踠《もが》いた。

下男は、小平太に細い竹の猿轡《さるぐつわ》を嚙ませた。

おたまは、踠く小平太を当て落とした。

小平太は、気を失って崩れた。

「日暮左近、はぐれ忍びは預かった。無事に返して欲しければ、柳生藩江戸中屋敷に一人で来い……」

おたまは、雑木林に笑みを含んだ声で大きく告げた。

雑木林の梢は騒めいた。


行燈《あんどん》の火は瞬いた。

「そうか。小平太がおたまたち裏柳生の忍びに捕らえられたか……」

左近は眉をひそめた。

「はい。で、無事に返して欲しければ、左近さま一人で柳生藩江戸中屋敷に来いと……」

猿若は、不安と悔しさを交錯させた。

「柳生藩江戸中屋敷か……」

「はい。きっと、大勢で待ち伏せしているんですよ」

猿若は、怒りを滲ませた。

「うむ。間違いあるまい」

左近は頷いた。

「でしたら、柳生藩江戸中屋敷に行くのは……」

猿若は眉をひそめた。

「行かなければ、小平太の命はない……」

「左近さま……」

「小平太は秩父忍びになくてはならぬ者。無事に取り戻さなければ、陽炎《かげろう》に生涯、恨まれる……」

左近は苦笑した。

「ですが、相手は裏柳生です。小平太の兄貴、ひょっとしたらもう……」

猿若は、哀しげに顔を歪めた。

「おたまが小平太を殺すとしたら、その前に俺の素性、何処の誰かを何とか吐かせようと、厳しく責めたてるだろう。だが、小平太はそれに堪《た》える筈だ」

左近は告げた。

「でしたら……」

猿若は、左近に縋る眼を向けた。

「うむ。未だ間に合う。此れから柳生藩江戸中屋敷に行く」

左近は、鎖帷子《くさりかたびら》を着込み、鋼《はがね》の手甲脚絆《てっこうきゃはん》を両手両脚に塡《は》めた。

「じゃあ、俺も……」

猿若は意気込んだ。

「猿若、お前は……」

「はい。助け出した小平太の兄貴を連れてさっさと逃げ出します」

猿若は、己の役目をわかっていた。

「うむ……」

左近は、己の役目をわかっている猿若に満足げに頷いた。

行燈の火は消えた。

三

拷問蔵《ごうもん》に灯された火は、肉を打つ鞭《むち》の音に煽《あお》られるように揺れた。

小平太は、天井の梁から吊るされて裏柳生の忍びの者に鞭打たれていた。

「云え。日暮左近は何処の抜《ぬ》け忍《にん》だ……」

おたまは妖しい笑みを浮かべ、小平太の血と汗の滲んだ裸の胸に苦無を突き付けた。

「知らぬ。俺は何も知らぬ……」

小平太は、血に塗れた顔を横に振った。

元結《もとゆい》の切れた髪が左右に揺れた。

左近の素性を知られては、秩父忍びにも禍が降り掛かる。秩父忍びの為にも、左近の素性は明かせないのだ。

「伊賀《いが》か、甲賀《こうが》か……」

おたまは、苦無の刃を小平太の裸の胸に滑らせた。

血が赤い糸のように浮かんだ。

「知らぬ……」

小平太は、顔を歪めた。

「風魔《ふうま》か、根来《ねごろ》か……」

おたまは、妖しく笑った。

「知らぬ。俺は知らぬ……」

小平太は、苦しげに叫んだ。

「木曾《きそ》か、出羽《でわ》か……」

おたまは、妖しさを募らせ、小平太の血と汗に塗れた胸を苦無の刃先で弄《もてあそ》んだ。

「京弥さま……」

下男がやって来た。

「何だ……」

「お館さまがお呼びにございます」

下男は告げた。

「分かった。見張っていろ……」

おたまは、ぐったりしている小平太を一瞥して出て行った。

小平太は、血塗れの顔で見送った。


柳生藩江戸中屋敷は、厳重な結界を張っている。

左近は、隣の寺の本堂の屋根から柳生藩江戸中屋敷を窺った。

「左近さま……」

猿若がやって来た。

「どうだ……」

「中屋敷の結界、緩い処《ところ》はありません……」

猿若は、悔しげに報せた。

「そうか……」

「それにしても、小平太の兄貴、何処にいるんですかね」

猿若は、柳生藩江戸中屋敷を眉を顰《ひそ》めて眺めた。

「おそらく拷問蔵だろうが、その拷問蔵が何処かだ……」

「そいつは、裏柳生の忍びを捕まえて吐かせるしかありませんよ」

「よし。ならばそうしよう」

左近は、事も無げに云い放った。

「えっ……」

猿若は戸惑った。

「行くぞ……」

左近は、寺の本堂の屋根から跳び下りた。

猿若が続いた。


柳生藩江戸中屋敷の横手の土塀の内側には、裏柳生の忍びの者が潜んで結界を張っていた。

土塀の外に小さな音がした。

裏柳生の忍びの者は、怪訝な面持ちで土塀の外を覗こうと身を乗り出した。

刹那、土塀の外から手が伸び、裏柳生の忍びの者の首を摑《つか》んで引き摺《ず》り落とした。

同時に、猿若が素早く土塀を跳び越え、裏柳生の忍びの者がいた処に納まり、見張りの態勢を取った。

一瞬の出来事だった。


左近は、裏柳生の忍びの者を隣の寺の土塀の内に連れ込んだ。

裏柳生の忍びの者は、必死に踠いた。

「踠くな。踠けば死ぬ……」

左近は、裏柳生の忍びの者の喉仏に苦無を突き付けて告げた。

裏柳生の忍びの者は、息を呑んで観念した。

「捕らえたはぐれ忍びは何処にいる……」

「拷問蔵……」

「その拷問蔵は何処だ」

「西に四棟並ぶ土蔵の一番奥だ」

裏柳生の忍びの者は、嗄れ声を震わせた。

「嘘偽りはないな……」

左近は、喉仏に押し当てた苦無に力を込めた。

「ほ、本当だ。京弥さまが責めている。信じてくれ……」

「京弥とは、おたまの事か……」

「はい……」

裏柳生の忍びの者は、泣き出しそうな顔で必死に頷いた。

信じられる……。

左近は、裏柳生の忍びの者の首筋に手刀を鋭く打ち込んだ。

裏柳生の忍びの者は気を失った。

左近は、隣の寺の土塀の内から出た。


左近は、柳生藩江戸中屋敷の横手の土塀に忍び寄り、小さな音を鳴らした。

土塀の上に猿若が顔を出した。

左近は頷き、素早く土塀を乗り越えた。


「拷問蔵は西に四棟並ぶ土蔵の一番奥……」

左近は、猿若に囁いた。

「はい……」

猿若は頷いた。

「ならば、手筈通りに……」

「心得ました」

猿若は頷いた。

左近は、裏柳生の忍びの者に扮して結界を張る猿若を残し、柳生藩江戸中屋敷の西の闇に走った。


柳生藩江戸中屋敷の西側には、四棟の土蔵が並んでいた。

四棟の土蔵の一番奥……。

左近は、闇に忍んで一番奥の土蔵を見詰めた。

一番奥の土蔵には、小さな明かりが灯されて人のいる気配がした。

拷問蔵だ……。

左近は、見定めて拷問蔵に忍び寄り、戸口から中を窺った。

血の臭いが微かにした。

左近は、格子戸《こうしど》の敷居に油を垂らして静かに引いた。

格子戸は、音もなく開いた。

左近は、素早く拷問蔵に忍び込んだ。


拷問蔵には血と汗の臭いが漂い、小さな明かりの灯されている奥には小平太が天井の梁から吊るされていた。そして、二人の裏柳生の忍びの者が見張っていた。

左近は、暗がりに忍んで情況を読んだ。

見張りがいるのは、生きている証だ。

良かった……。

左近は、微かな安堵を覚えた。

おたまこと京弥はいない……。

左近は見定めた。

よし……。

左近は、見張りの二人の忍びの者に棒手裏剣を連射した。

棒手裏剣は煌めいた。

鈍い音がし、二人の忍びの者は首に棒手裏剣を深々と刺され、声を上げずに斃れた。

左近は、暗がりを出て床を蹴り、無明刀を一閃した。

無明刀は、小平太を天井の梁から吊るしている縄を両断した。

左近は跳び降り、落ちて来る小平太を受け止めた。

「遅くなった。済まぬ……」

「左近さま……」

小平太は、眼を僅かに開け、血塗れの顔に引き攣《つ》った笑みを浮かべた。

「よし……」

左近は、小平太を背負おうとした。

「歩けます」

小平太は、血塗れの頬を引き攣らせ、立ち上がろうとした。

「つまらぬ意地と遠慮は迷惑……」

左近は云い放った。

「は、はい……」

今は、左近の足手纏《まと》いにならぬのが一番なのだ。

小平太は頷き、項垂《うなだ》れた。

「よし……」
左近は、小平太を背負って戸口に向かった。

拷問蔵の前は暗く、微かな緊張感が漂っている。
左近は、小平太を背負って拷問蔵を出た。
そして、猿若のいる土塀に急いだ。
龕灯《がんどう》の明かりが、中屋敷の奥から近付いて来た。
見廻り組だ。
左近は、小平太を背負ったまま素早く暗がりに潜んだ。
見廻り組は、暗がりに潜む左近と小平太に気が付かずに通り過ぎて行った。
左近は、小平太を背負って暗がり伝いを走った。
行く手に土塀が見えた。
左近は、小平太を暗がりに下ろした。
土塀の内側には、裏柳生の忍びの者が外に向かって結界を張っていた。
「騒ぎを起こし、裏柳生の忍びの者を引き付ける。土塀に行け、猿若がいる」
左近は囁いた。

「猿若が……」

「うむ。ではな……」

左近は、小平太に笑い掛けて厩《うまや》の屋根に跳び、作事《さくじ》小屋の屋根を伝って表御殿の屋根に走った。

結界を張る裏柳生の忍びの者と見廻り組の警戒は、外に向けられている。

左近は、奥御殿の屋根に上がって表門で結界を張っている裏柳生の忍びの者に棒手裏剣を放った。

棒手裏剣は煌めき、表門の上に忍んでいた裏柳生の忍びの者の背に突き刺さった。

忍びの者は仰け反り、表門の上から転げ落ちた。

裏柳生忍びの者の結界は揺れた。

左近は、表御殿の屋根から棒手裏剣を投げ、結界を張っている裏柳生の忍びの者を次々に倒した。

結界は、大きく揺れて乱れた。

左近は攻撃を始めた。

結界を張っていた裏柳生の忍びの者は、一斉に表御殿に向かって動き出した。

小平太は痛む身体を引き摺って、土塀に向かった。

「小平太の兄貴……」

猿若が駆け寄って来た。

「猿若……」

「さ。早く……」

猿若は、小平太を助けて土塀の陰に隠れた。そして、裏柳生の忍びの者たちが表御殿の左近の許に行ったのを見定め、小平太と土塀を越えて逃げた。


月は蒼白く、表御殿の屋根を輝かせた。

左近は、蒼白い屋根の上に佇《たたず》んだ。

裏柳生の忍びの者たちは、屋根の上に佇んでいる左近に四方から忍び寄った。

左近は冷笑を浮かべた。

裏柳生の忍びの者は、忍び刀を抜いて一斉に左近に殺到した。

左近は、無明刀を抜き打ちに一閃した。

二人の裏柳生の忍びの者が血を振り撒いて倒れ、屋根から転げ落ちていった。

裏柳生の忍びの者は怯《ひる》んだ。

左近は、冷笑を浮かべて無明刀を振った。

無明刀の鋒《きつさき》から血の雫が飛んだ。

裏柳生の忍びの者は、左近に一斉に襲い掛かった。

左近は、襲い掛かる裏柳生の忍びの者と斬り結び、鋼の手甲脚絆《てつこうきやはん》で殴り倒し、蹴り倒した。

裏柳生の忍びの者は、左近に間断なく斬り掛かった。

左近は、無明刀を縦横に閃かせた。

裏柳生の忍びの者は、手足を斬られて次々に闘いから離脱した。

指笛が短く鳴った。

裏柳生の忍びの者は一斉に退いた。

忍び姿の京弥が現れた。

「おたまこと京弥か……」

左近は笑い掛けた。

「日暮左近、何処の抜け忍だ……」

京弥は、左近を厳しく見据えた。

「抜け忍ではない。はぐれ忍びだ……」
左近は笑った。
「黙れ……」
京弥は、左近に柳生流十字手裏剣を続けざまに投げた。
左近は、無明刀と鋼の手甲で柳生流十字手裏剣を叩き落とし、弾き飛ばした。
京弥は、瓦を蹴って左近に突進した。
左近は、無明刀を構えた。
京弥は、左近と擦れ違いざまに管槍《くだやり》を突き出した。
鋭い両鎬《りょうしのぎ》の銀杏穂《ぎんなんぽ》が管槍から飛び出し、左近を襲った。
左近は、身を反らして管槍の穂先を躱した。
京弥は、二の槍を繰り出した。
左近は、咄嗟に跳び退いた。
京弥は、二本の管槍を両手で操り、左近に次々と管槍の穂先を突き出した。
左近は、間断なく突き掛かる管槍の穂先を無明刀で打ち払った。
京弥は、嵩《かさ》にかかって両手の管槍を操り、左近に迫った。
刃の嚙み合う音が鳴り、火花が飛び散り、屋根瓦が砕けた。

京弥は、息を乱すことなく管槍を交互に突き出した。

女にしては体力がある……。

左近は、己と互角に闘う京弥に感心した。

まさか……。

左近は、突き掛かった京弥に無明刀を横薙《な》ぎに閃かせた。

京弥は、咄嗟に跳び退いた。

その忍び装束の胸元が斬られて垂れ、胸元が露わになった。

男……。

左近は知った。

京弥の胸には、乳房はなかった。

女のように美しい顔をした男……。

おたまこと京弥は、女のような顔を持った男だったのだ。

弥一郎たちはぐれ忍びは、おたまを女だと思い込んで油断し、無残に斃されて行ったのだ。

左近は腹立たしさを覚え、大きく跳び退いた。

京弥は、美しい顔に侮《あなど》りと嘲りを浮かべた。

情けは無用……。
左近は佇み、無明刀を両手で持って頭上高く構えた。
天衣無縫《てんいむほう》の構えだ。
左近は隙だらけになった。
京弥は、左近の隙だらけの構えを笑った。
左近は、無明刀を頭上高く構えて蒼白い月明かりを浴びていた。
貫った……。
京弥は、残忍な笑みを浮かべ、両手に管槍を持って左近に走った。
左近は、天衣無縫の構えを取ったまま微動だにしなかった。
京弥は、左近に走り寄って管槍を放った。
左近は、頭上高く構えた無明刀を無造作に斬り下げた。
剣は瞬速……。
無明斬刃《むみょうざんじん》……。
左近と京弥は交錯した。
煌めきが瞬いた。
左近と京弥は、残心《ざんしん》の構えを取った。

京弥は、妖しい笑みを浮かべ、額から一筋の血を流して斃れた。
取り囲んでいた裏柳生の忍びの殺気は、狼狽《うろた》えたように激しく揺れて乱れた。
今だ……。
左近は、柳生藩江戸中屋敷の屋根を走り、端を蹴って夜空に大きく跳んだ。
夜空を跳ぶ左近は、全身に新鮮な微風を感じた。
表御殿から作事小屋の屋根、そして厩の屋根から土塀を跳び越え……。
左近は、柳生藩江戸中屋敷から一気に脱出した。

町は蒼白い月明かりに照らされていた。
左近は、裏柳生の忍びの者が追って来ないのを見定め、鉄砲洲に走った。
おたまこと京弥は、妖しい笑みを浮かべて滅び去った。
裏柳生忍びのお館、柳生幻也斎はどう出るのか……。
殺し合いを続けるか、それとも矛《ほこ》を納めるのか……。
左近は走った。
やがて、潮騒が微かに聞こえ、汐の香りが感じられた。

四

潮騒が響き、汐の香りが漂った。

鉄砲洲波除稲荷傍の巴屋の寮には、小さな明かりが灯されていた。

小平太は、下帯一本になって猿若に傷の手当てを受けていた。

傷は全身に及んでいたが、命取りになる深傷《ふかで》はなかった。

「そいつは良かった……」

左近は、安堵を過らせた。

「御迷惑をお掛けしました……」

小平太は礼を述べた。

「礼には及ばぬ。それより小平太、裏柳生は未だはぐれ忍びを皆殺しにするつもりなのかな……」

左近は訊いた。

「それは分かりませんが、おたまが俺に訊いて来たのは、左近さまの素性です」

小平太は告げた。

「俺の素性……」

左近は眉をひそめた。

「はい。裏柳生は、はぐれ忍びより日暮左近が気になっているようです」

「そうか。裏柳生忍びの獲物は、どうやらはぐれ忍びから日暮左近になったか……」

左近は、不敵な笑みを浮かべた。

お館の柳生幻也斎は、かつて裏柳生の忍びが日暮左近に叩きのめされた事を恨んでいるのに違いない。

左近は読んだ。

「きっと……」

小平太は頷いた。

「うむ。よし、小平太、傷が癒《い》えたら猿若と秩父に帰ってくれ……」

左近は告げた。

「秩父に帰る……」

「うむ。裏柳生のはぐれ忍び狩りが終わったのなら、はぐれ忍びに代わって動く、お前たちの役目も終わった……」

左近は、四つの切り餅を取り出し、小平太と猿若に差し出した。

「此れは報酬だ……」

「左近さま……」

「忍びは報酬で働くもの。黙って持って帰るが良い……」

「ですが……」

「猿若、頂け……」

「小平太の兄貴……」

「左近さま、報酬は頂きます。ですが、秩父に帰るのは、裏柳生忍びの始末を見届けてからです」

小平太は、左近を見据えて告げた。

「そうか。それも良かろう……」

左近は笑った。


増上寺裏門前の柳生藩江戸上屋敷は、表門を閉じて静けさに覆われていた。

総目付の黒崎兵部は、大黒頭巾に袖無羽織を着た柳生幻也斎を書院に迎えていた。

「そうですか、京弥も斃されましたか……」

黒崎は眉をひそめた。

「左様。日暮左近の仕業だ……」

幻也斎は、怒りも昂《たかぶ》りも見せず、静かに告げた。

「ならば、裏柳生の忍びは此れにて手を引きますか……」

黒崎は、探りを入れた。

「それなのだが……」

幻也斎は笑みを浮かべ、その眼を妖しく輝かせて黒崎を見詰めた。

「はい……」

黒崎は、幻也斎に誘われるように身を乗り出した。

「黒崎兵部。最早、日暮左近を斃さない限り、柳生は浮かび上がらぬ……」

幻也斎は、黒崎の眼を見詰めて囁いた。

「いかにも……」

黒崎は、幻也斎の妖しく輝く眼を見詰めて頷いた。

「ならば、日暮左近、斬るしかあるまい……」

幻也斎は、その眼の妖しい輝きを増した。

「心得ました……」

黒崎は、幻也斎の言葉に深く頷いた。

「うむ……」

幻也斎は、妖しい笑みを浮かべて頷いた。


柳森稲荷と空き地の古着屋、古道具屋、七味唐辛子売りは賑わっていた。

微風に揺れる色とりどりの古着の向こうには、新しい葦簀の張られた飲み屋があった。


「へえ。おたまは男だったのか……」

嘉平は驚き、感心した。

「うむ。京弥と申す裏柳生の忍びだった。で、裏柳生忍びのお館の柳生幻也斎は、はぐれ忍びから手を引いたようだ」

左近は、己の睨みを告げた。

「そうか。それなら良いが……」

嘉平は、微かな安堵を過らせた。

「うむ……」

左近は、裏柳生忍びの標的がはぐれ忍びから己に代わった事を報せなかった。

「だが、筧才蔵や京弥を殺されて大人しく手を引くかな……」

嘉平は首を捻った。

「そいつは、店を開けてみればわかる事だ」

左近は告げた。

店を開けた嘉平に襲い掛かって来るか来ないか……。

左近は、露店を冷やかしている客を眺めた。

冷やかし客の多くは、柳森稲荷の参拝を終えた者たちだった。

誰かが見ている……。

左近は、何者かの視線を感じ、それとなく空き地を窺った。

神田川から吹く微風に、古着屋の着物は揺れた。

揺れる着物の向こうに、大黒頭巾を被り袖無羽織を着た小柄な老爺《ろうや》が柳原通りに出て行くのが見えた。

左近は気になった。

「どうした……」

嘉平は、怪訝な眼を向けた。

「う、うん。ちょいとな。じゃあ……」

左近は、怪訝な面持ちの嘉平を残して柳原通りに急いだ。

柳原通りには様々な者が行き交っていた。

左近は、柳森稲荷から出て来て柳原通りに大黒頭巾に袖無羽織の小柄な老爺を探した。

だが、柳原通りに大黒頭巾に袖無羽織の小柄な老爺の姿は見えなかった。

やはり、誘いか……。

左近は眉をひそめた。

大黒頭巾を被った小柄な老爺は、ひょっとしたら裏柳生忍びに拘わりのある者かもしれない。

もし、そうだとしたなら裏柳生忍びの柳生幻也斎が何かを企てている……。

左近は読んだ。

その時、斜向《はす》かいの裏通りに大黒頭巾に袖無羽織を着た老爺が通り過ぎた。いた……。

左近は、大黒頭巾に袖無羽織を着た老爺を追った。

大黒頭巾に袖無羽織の老爺は、玉池稲荷に向かっていた。

左近は追った。


玉池稲荷は参拝客もいなく、境内の隅の茶店では編笠を被った武士が一人で茶を飲んでいるだけだった。

左近は、境内に大黒頭巾に袖無羽織を着た小柄な老爺を捜した。

だが、境内に大黒頭巾に袖無羽織の小柄な老爺の姿はなかった。

ひょっとしたら、大黒頭巾に袖無羽織を着た小柄な老爺は、裏柳生忍びのお館の柳生幻也斎なのかもしれない。

左近は、翻弄《ほんろう》する大黒頭巾に袖無羽織の小柄な老爺を柳生幻也斎かもしれないと睨み、奥にあるお玉が池に進んだ。


お玉が池は、魚が跳ねたのか小さな波紋が重なっていた。

左近は、お玉が池の畔《ほとり》にも幻也斎らしき小柄な老爺がいないのを見定めた。

刹那、鋭い殺気が背後から襲い掛かった。

左近は、咄嗟に跳んだ。

編笠が回転しながら飛び抜けた。
左近は、転がりながら立ち上がり、振り返った。
茶店にいた武士がやって来た。
武士は、柳生藩総目付の黒崎兵部だった。
左近は身構えた。
「日暮左近。柳生新陰流、黒崎兵部だ……」
黒崎は、刀を抜き払って八双《はっそう》に構えた。
「柳生新陰流か……」
左近は苦笑した。
「参る……」
黒崎は、八双に構えた刀を肩に担ぐかのように構え、左近に向かって進んだ。
左近は、無明刀を抜き放った。
黒崎は、左近に近付く足取りを速めた。
左近は、無明刀を正眼《せいがん》に構えた。
刹那、黒崎は地を蹴って左近に鋭く斬り込んだ。
左近は、無明刀を一閃して黒崎の鋭い斬り込みを払った。

黒崎は、二の太刀を放った。
左近と黒崎は、鋭く斬り結んだ。
刃風が唸り、砂利が跳ね飛び、お玉が池の水面に小波《さざなみ》が走った。
流石《さすが》は柳生流新陰流の遣い手……。
左近は、斬り結びながら黒崎を窺った。
黒崎の眼は虚《うつ》ろであり、妖しく輝いていた。
妙だ……。
左近は、黒崎に微かな異変を感じた。
黒崎の虚ろな眼は妖しく輝いた。
左近は、大きく跳び退いた。
黒崎は、追って鋭く踏み込んだ。
「待て、黒崎兵部……」
左近は一喝した。
だが、黒崎は鋭く踏み込んで必殺の一刀を放った。
左近は、転がるように身を投げ出し、黒崎の必殺の一刀を躱した。
黒崎は、身を投げ出した左近に上段から斬り下げた。

此れ迄……。

左近は、転がったまま無明刀を横薙ぎに一閃した。

黒崎は、刀を握る両手の腕から血を飛ばし、刀を落として立ち竦んだ。

左近は、素早く起き上がり、黒崎の首筋を峰を返した無明刀で鋭く打ち据えた。

黒崎は、息を詰まらせて妖しく輝く眼を瞠《みは》った。

瞠った眼から妖しい輝きが消え、虚ろさだけが残った。

やはり……。

左近は気が付いた。

黒崎は、気を失ってゆっくりと倒れた。

左近は、お玉が池の畔を油断なく窺った。

殺気はない……。

お玉が池の畔の木々の陰に人が忍んでいる気配はなかった。

裏柳生忍びのお館、柳生幻也斎は人を操る忍びの技を持っている。

おそらく催眠の術だ……。

左近は読んだ。

柳生新陰流の剣客黒崎兵部は、幻也斎に催眠の術を掛けられて刺客《しかく》にされた。

左近は苦笑し、茶店の亭主に黒崎兵部を医者に診せるよう、金を渡して頼んで立ち去った。

お玉が池に落葉が舞い散り、水面に微かな波紋が小さく広がった。


裏柳生忍びのお館、柳生幻也斎……。

左近は、寺の本堂の屋根に上がり、隣の柳生藩江戸中屋敷を窺った。

江戸中屋敷には、裏柳生忍びの結界が張り巡らされていた。

柳生幻也斎は、配下の護りの中に身を潜めている。

左近は、柳生幻也斎が柳生藩江戸中屋敷にいると睨んだ。

ならば、引き摺り出してくれる……。

左近は冷笑した。

そして、炸裂弾《さくれつ》を取り出して柳生藩江戸中屋敷に投げた。

裏柳生忍びの結界は揺れた。

投げられた炸裂弾は、表御殿の屋根の上を転がりながら低い音と共に閃光を放ち、爆風を渦巻かせた。

裏柳生の忍びは狼狽《うろた》え、慌てた。

左近は、二つ目の炸裂弾を投げた。

炸裂弾は閃光を放ち、屋根瓦が割れて爆風に飛んだ。

火が屋根に移って火事にでもなれば、いかに大名家とはいえ只《ただ》では済まず、公儀のお咎《とが》めは必定《ひつじょう》だ。

裏柳生の忍びの者は、飛び散った火花を慌てて消し始めた。

柳生幻也斎、火事を出したくなければ、さっさと出て来い……。

左近は、三個目の炸裂弾を投げた。

閃光が放たれ、爆風が渦巻き、裏柳生の忍びの者が御殿の屋根から転げ落ちた。

裏柳生の忍びの者たちは、炸裂弾が投げ込まれている場所を探した。そして、炸裂弾が隣の寺の本堂の屋根から投げられているのに気が付き、一斉に散った。

柳生藩江戸中屋敷の裏柳生の結界は、激しく乱れて破れた。

今だ……。

左近は、寺の本堂の屋根から跳び下り、柳生藩江戸中屋敷に走った。そして、裏柳生の忍びを蹴散らして乱れた結界を突破し、表御殿の屋根に素早く上がった。

左近は、柳生藩江戸中屋敷の表御殿の屋根に忍び、辺りを窺った。

表御殿の屋根は、炸裂弾の爆発で屋根瓦を割られ、飛ばされていた。

人影が浮かんだ。

左近は透かし見た。

浮かんだ人影は、小柄な老爺だった。

柳生幻也斎か……。

左近は、小柄な老爺が柳生幻也斎だと見定めようと眼を凝らした。

大黒頭巾に袖無羽織……。

小柄な老爺は、大黒頭巾を被って袖無羽織を着ていた。

柳生幻也斎……。

左近は見定めた。そして、屋根瓦を蹴って幻也斎に襲い掛かった。

幻也斎は振り返り、皺の中の細い眼で襲い掛かる左近を見た。

細い眼に妖しい輝きが浮かんだ。

咄嗟に左近は夜空に跳んだ。

振り返った幻也斎の眼は、催眠の術に掛けられた黒崎兵部の眼と同じ妖しい輝きを放っていたのだ。

妖しい輝きに捕らえられてはならぬ……。

左近は、夜空に跳んで幻也斎の眼の妖しい輝きから逃れた。

そして、表御殿の屋根の端に佇み、無明刀を抜いて頭上高く構えた。

全身隙だらけの天衣無縫の構えだ。

幻也斎は、左近を見詰める眼に妖しい輝きを浮かべた。

妖しい輝きに捉えられると、催眠の術に掛けられる。

眼を合わせてはならぬ……。

左近は、無明刀を頭上高く構えたまま眼を瞑《つむ》った。

幻也斎は眼を妖しく輝かせ、苦無を握り締めて左近にゆっくりと近付いた。

左近は、瞑った眼の瞼の裏に妖しい輝きが近寄って来るのを感じていた。

幻也斎は、眼から妖しい輝きを放ち、苦無を握り締めて左近の見切りの内に音もなく踏み込んだ。

左近は、五感を研ぎ澄ませた。

幻也斎は、眼を瞑っている左近に苦無を突き刺そうとした。

刹那。

剣は瞬速……。

無明斬刃……。
左近は、無明刀を頭上から真っ向鋭く斬り下げた。
手応えと血の臭いを感じた。
左近は眼を開け、己の足元を見た。
柳生幻也斎は苦無を握り締め、額から血を流して足元に斃れていた。
左近は、冷ややかに見下ろした。
柳生藩江戸中屋敷は、既に裏柳生忍びの気配も消えて静寂に覆われていた。
左近は、柳生藩江戸中屋敷の表御殿の屋根を走り、夜空に大きく跳んだ。
夜の気配は冷たく、新たな朝に向かっての爽やかさに満ちていた。

はぐれ忍び狩りは終わった。

光文社文庫

文庫書下ろし／長編時代小説

はぐれ狩《が》り　日暮《ひぐらし》左《さ》近《こん》事《じ》件帖《けんちょう》

著　者　藤《ふじ》　井《い》　邦《くに》　夫《お》

2023年7月20日　初版1刷発行

発行者　三　宅　貴　久

印　刷　新　藤　慶　昌　堂

製　本　フォーネット社

発行所　株式会社　光　文　社

〒112-8011　東京都文京区音羽1-16-6

電話　(03)5395-8147　編　集　部

8116　書籍販売部

8125　業　務　部

ISBN978-4-334-79562-7　Printed in Japan

組版　萩原印刷

藤井邦夫
［好評既刊］

長編時代小説★文庫書下ろし